· 奇想文库 ·

当松鼠从天而降

[美] 托尔·塞德勒　著

张雨童　译

21 二十一世纪出版社集团
21st Century Publishing Group

项目策划　奇想国童书
特约编辑　聂宗洋
版式设计　李困困

目录

01

紫色浆果

这一天，菲尼克斯[1]醒得很早，他决定出门觅食。他的小窝在一棵松树上，树干上距离地面三分之一高度的那个树洞，就是他的家。这是他第一次离开自己的小窝去探险。以前，他都是探着头，望着爸爸妈妈出门觅食。看着他们头朝下爬下松树，菲尼克斯觉得这么做是自然而然的；但当他自己出了门，抓着树皮头朝下时，他发起抖来，左边的胡须不由自主地猛烈抽搐。他掉转方向，抖动和抽搐立刻停止了。于是他想，还是尾巴朝下往下挪吧，只是这看起来有点儿丢人——等等，上面也有许多松果，里头没准儿会有美味的松子呢？

---

[1] 菲尼克斯的英文 Phoenix 有"不死鸟"的意思，传说这种鸟会从灰烬中重生。这个名字暗示了主人公菲尼克斯的命运。（本书注释均为译者注，后文不再说明。）

他开始往上爬，与此同时发现自己是天生的爬高好手。可是，随着他越爬越高，树干越来越细，树皮也越来越滑，越来越难抓住。更糟糕的是，这棵树开始使劲摇晃，比周围的树晃得都厉害。

　　菲尼克斯往上看了看，马上明白了原因。这棵松树比其他松树都高——木秀于林，风必摧之嘛。但晃得厉害也不全是坏事：树梢弯下来，挂在上面的松果似乎触手可及；更何况能够立于"群树之巅"，这个念头本身就足够诱人了！只可惜，在登顶的最后关头，他犯了个新手常犯的错误——往下看。

　　菲尼克斯紧紧抱着纤细的树干，那拥抱比他几周前刚出生时，每天紧紧抱着妈妈要奶吃还要紧得多。铺满松针的地面看上去是那么遥远！幸好，风渐渐停了下来，树干也渐渐稳当了，但他的惊慌失措转变成一种恶心的感觉。怎么会有恐高的树松鼠呢？他只好收回目光，一点儿一点儿地往上爬。

　　终于，他来到了最高的那根树枝上。他太陶醉于自己的成功，全然忘记了饥饿。多美的景色啊！森林西边是一片城镇，那里的高楼和尖塔比他所在的这棵松树还要高；南边遍布着池塘和沼泽，水面在晨曦照耀下闪着丝丝微光；北边是一片新开垦的玉米地，巨大的铁塔从那儿拔地而起，塔肩上扛着输电缆；迎着太阳向东边看过去，是一片海湾，大大小小的船只散落其间，一座大桥从海湾上空跨过，通向一块挤满了别墅的狭小海滩。再远处，是那无尽的、银色的大海。

"菲尼克斯！"

听到喊声，菲尼克斯不得不再次朝下看，好在这次只需要往下看三根树枝那么远的距离。爸爸鲁伯特正蹲在那里，一脸严肃——至少他努力让自己看起来很严肃。菲尼克斯还以为自己从窝里溜出来时，大家都睡着了呢，没想到爸爸早就发现了他的小动作，不过爸爸并没有阻止他。三月的大部分日子和整个四月，鲁伯特都忙着一趟趟往家里搬运食物。现在已经是五月了，是时候让孩子们自己出去觅食了。然而此刻，他的妻子也醒了，她马上发现一个小毛头不见了，吓得大惊失色。

"快下来！"鲁伯特喊道。

菲尼克斯深吸了一口气，开始他可怜的、尾巴朝下的"下降"。当他跟着爸爸回到树洞后，妈妈才长舒了一口气。

"我以为你跌下树，摔破脑袋了呢！"她叫道。

"恰恰相反，"鲁伯特说，"他一路爬到了树顶上。"

"天哪！菲尼克斯，你才十周大！"

"你太不让人省心了，"鲁伯特接着说，"还记得我们给你讲的那些狩猎的猛禽吗？你没准儿会被他们抓走的！"

菲尼克斯的兄弟们也加入了对他的指责，但菲尼克斯并没有放在心上，尽管爸爸嘴上对自己很不满，但爸爸眼中闪过的光芒却暴露了他的真实想法。

几周后，菲尼克斯显然成了兄弟姐妹中的佼佼者。他个子最大，毛皮最光亮——背上披着一袭发亮的金棕色毛，腹部是一片雪白，就连他的尾巴毛也最为浓密。而且，他还是最富有冒险精神的那一个，他头一个搬离了爸爸妈妈家，找到了属于自己的树洞。那儿离他爸爸妈妈的家只有几棵树远——一般来说，松鼠们会在距离出生地三千米的范围内度过一生。因此他能够经常见到家人，并常常和爸爸一起出门觅食。森林的中心地带主要长着松树，外圈却长着许多橡树、核桃树和山核桃树。鲁伯特热衷于教他辨别哪些核桃和橡子最好，以及如何巧妙地把它们藏在鸟儿和花栗鼠找不到的地方。

菲尼克斯在他姐妹的闺密群中也很受欢迎，尽管他认为她们大部分都脑袋空空。只有一只名叫吉赛尔的松鼠引起了他的注意，她的鼻子上有一块可爱的白斑。可她却不停地谈论着一只名叫泰伦的年轻松鼠。菲尼克斯对这个泰伦有一种近乎本能的厌恶。据称，泰伦就住在森林北边尽头的一个树桩里。一天，菲尼克斯在那一带寻找食物，他们恰好碰上了。让菲尼克斯沮丧的是，泰伦的毛皮竟然和自己的一样闪闪发光；而他的尾巴毛，或许比自己的还要更浓密一些。

"哈，"在他们互相介绍之后，泰伦哼了一声，"我还以为菲尼克斯是个女孩的名字呢。"

菲尼克斯感到如芒刺背，不甘示弱地反问："听说你住在树桩里？"

"只有当我在森林里过穷日子的时候。"泰伦回答。

菲尼克斯不明白泰伦在说什么，直到后来，他见到了他姐妹们的闺密，吉赛尔才告诉他，泰伦有两个家。

"他的另一个家在镇上一栋房子的阁楼里。"她告诉菲尼克斯，"你知道他在那儿干什么吗？"

"干什么？"菲尼克斯兴致索然。

"他晚上从阴沟里溜下去，扫荡人类的储藏室！你无法相信他带了什么回来！你吃过金色葡萄干吗？还有烤杏仁？上次他还带回了红甘草糖！"

菲尼克斯从来没吃过金色葡萄干、烤杏仁，还有红甘草糖。事实上，他连人类都没见过。当他把这些告诉爸爸时，鲁伯特却说这没什么好遗憾的。

"泰伦扫荡了人类的储藏室！"菲尼克斯抱怨道。

"泰伦是只老鼠吗？"

"他是只松鼠，和我一样大。老鼠又是什么东西？"

"你不知道也罢。"

但菲尼克斯很想知道。他的知识有这么大的缺口，这很伤他的自尊心。他不停地缠着爸爸鲁伯特——这只喜欢哈哈大笑的松鼠——问东问西。直到有一天，鲁伯特来到菲尼克斯住的树下，朝上头喊道："出去逛逛怎么样，儿子？"

如果旁边没人，菲尼克斯会屁股朝下"往下滑"，但是，在爸爸的注视下，他不得不使用自己那一点儿已经相当纯熟的小伎俩——头微微朝下，绕着树干螺旋状转下去。当他来到落满松针的地面时，他解释说自己刚刚在检查树皮上是否有毛毛虫。

鲁伯特笑了。他带着菲尼克斯走出西边的森林，来到一片干爽的草地。飞来飞去的草蜢嗡嗡作响，把菲尼克斯吓得上蹿下跳，这让鲁伯特笑得更开心了。

穿过草地，是一条大路。"这是希利亚德大道。"鲁伯特告诉他。

当菲尼克斯伸出一只爪子，试着去碰希利亚德大道那不祥的黑色地面时，鲁伯特猛地把他拉了回来。与此同时，一个庞然大物呼啸而过，只留下模糊的影子。

"看到了吗？"鲁伯特问。

"什么？"

"人类。"

"这就是人类？"

菲尼克斯不敢相信人类这么庞大，移动这么迅速。但鲁伯特解释说，人类正坐在这奇怪的玩意儿里。就在这时，又一个庞然大物呼啸着奔驰而过。很可惜，菲尼克斯还是没看清楚里头的人类。

"他们在里头干什么呢？"他问道。

"想压扁我们。"鲁伯特解释说。

"什么意思？"

鲁伯特扫视了一下天空，确认没有猛禽后，便领着菲尼克斯沿着路肩前行。他们来到人行道上一个灰色污渍处，直到菲尼克斯发现那东西有一条圈状的尾巴，才意识到那是一具浣熊的残骸。

"他们也会这样对待松鼠吗？"菲尼克斯吓得目瞪口呆。

"去问问你的弗洛姑奶奶吧，"鲁伯特叹了口气，"在遭遇那些不幸之前，她和我的姑夫弗兰克一直过得很幸福。"

菲尼克斯的弗洛姑奶奶是森林里的传奇人物。她充满智慧，松鼠们都爱到她的白桦树上拜访，听取她的建议。但这是菲尼克斯第一次听说她还有一个被碾平的伴侣。尽管这件事情想起来就让人不寒而栗，却加强了菲尼克斯想要一睹人类杀手的愿望。

鲁伯特爬上一排栅栏柱，朝两头望了望，又跳下来。在扫视过天空之后，他点了点头，父子俩一起冲过了希利亚德大道。在大道的另一侧，他们继续沿着路肩前行，不断穿过蓟、乳草和垃圾，直到眼前出现了另一条大道。哦，又是一条希利亚德大道，菲尼克斯心想。他们转向右侧，沿着树篱急速前行，麻雀和鹪鹩在他们头顶上叽叽喳喳。

树篱一直把他们引向第三条希利亚德大道——这一条比前两条宽阔多了，还停满了巨大的谋杀机器，不幸中的万幸，它们这会儿全都停着不动。在与它们保持了足够的安全距离后，父子俩开始穿过一片草地，这里的每根草都被啃得一样长。虽然目之所及看不到一头鹿，但是菲尼克斯断定，这附近一定有很多鹿。

松鼠父子俩最终停在一排链式栅栏前。栅栏里，是菲尼克斯有生以来见过的最恐怖的生物！他们有的在一个方形池子里玩水，有的懒洋洋地躺在草地上。

"人类？"他压低了声音问道。

"这是他们的游泳池。"鲁伯特说。

人类的样子看起来并不太雅观。首先，他们没有尾巴；其次，他们一定患了非常可怕的疾病，导致大部分毛都脱落了。鲁伯特解释说，正是因为他们身上没有毛，他们才会拿一些花花绿绿的破布遮住身体。

"这么说，他们应该把肚子也遮起来才对啊。"菲尼克斯小声说。

"他们很能吃。"鲁伯特说着，指向一个拥挤不堪的小摊。

菲尼克斯迅速吸了几下鼻子。

"饿了？"鲁伯特问。

菲尼克斯总是很饿。他们绕到小摊后面，鲁伯特指给他看一排很大的容器，人类把他们不吃的食物倾倒在那里。

"我们能吃点儿吗？"菲尼克斯问。

"可以吃，不过你最好三思而后行。"

鲁伯特忍住笑，看着儿子从一个篮子上跳到了一个垃圾箱旁边。菲尼克斯从里面扯出一个没有味道的东西，将它举了起来。

"报纸，"鲁伯特说，"不能吃。"

菲尼克斯又跳到另外一个垃圾箱上，这里头堆满了闻起来相当诱人的东西。可正当菲尼克斯打算跳下去饱餐一顿时，他突然发现一条灰色蠕虫在里头蠕动！接着，一个生物从这堆食物里面溜出来，吓得菲尼克斯差点儿翻倒下去。那条灰色蠕虫竟是那个生物的尾巴！那东西不像人类那么高大且没有皮毛，但他长短不一的灰色皮毛、圆溜溜的小眼睛和尖尖的鼻子却令人恶心。最令人恶心的还是他那条光溜溜的蠕虫似的尾巴！菲尼克斯转头跳回了地面。

"没胃口了？"鲁伯特笑眯眯地看着他。

"里头有个令人恶心的东西！"

"你说过你想认识一下老鼠。"

他们开始朝家里走去。鲁伯特很满意，今天菲尼克斯可长了不少见识。当他们走到最后一条希利亚德大道时，现下已经没有栅栏柱需要爬了。鲁伯特趴下身子，把耳朵贴在又黑又硬的地面上。

"警报解除。"他宣布，然后父子俩一起冲了过去。

当天晚上，菲尼克斯正在自己家里，忽而听到树下有哧哧的笑声。他从洞里探出头来，刚好看到他的一个哥哥和一个姐姐经过。

"你们去哪儿了？"菲尼克斯问。

"去看了泰伦。"姐姐心不在焉地抬起头。

"了不起的杂技演员！"哥哥忍不住说。

"伟大的松鼠！"姐姐也跟着感叹。

这让菲尼克斯尝到一股酸楚的味道，但也激起了他的好奇心。第二天傍晚，他正在吃一堆紫色浆果，突然发现吉赛尔银白色的尾巴出现在一小队年轻松鼠中——他们正在朝北行进。菲尼克斯悄悄地跟了上去。那一小队年轻松鼠在森林边缘停下来，站在那里闲聊。直到太阳落下去之后，他们才冒险来到开阔的天空底下，爬上栅栏，在栏杆顶上坐成一排。菲尼克斯也潜行过去，爬到了一根较低的栏杆上。在这条土路的尽头，是他曾在爸爸妈妈家那棵松树顶上看到过的玉米地。

就在这时，吉赛尔喊道："快看，他在那儿！"

菲尼克斯以为自己被发现了。但是吉赛尔根本没注意到他，事实上，没有谁注意到他。他们都注视着玉米地里那座拔地而起的铁塔。菲尼克斯眯着眼睛，看清了两座塔身之间的输电缆上有一个身影。

毫无疑问，那正是泰伦！他的大尾巴在渐渐暗下来的天空中勾画出一个剪影。光是想想在那么高的地方走钢丝，菲尼克斯的胃都缩紧了。但泰伦不仅要表演走钢丝，他还在全力冲刺，从一座铁塔跑到另一座！栅栏顶上的松鼠们都兴奋得尖叫起来。一只猫鹊停在一根栅栏上，赞赏地吹着口哨。

"他是有史以来最了不起的松鼠，不是吗？"吉赛尔叫道。

所有松鼠都齐声附和，菲尼克斯却感觉自己很难受，像是要生病了。难道是那些紫色浆果有毒？他发出一声干呕，引得栅栏顶上的松鼠全都望向了他。

"嘿，那是菲尼克斯。"他的一个姐姐喊道。

"你在那儿干什么呢？"他的一个哥哥问道。

"看样子，"吉赛尔说，"他在呕吐。"

02

红甘草糖

哪怕在婴儿时期，菲尼克斯也从没呕吐过，这一点他的妈妈可以作证。但现在，一团紫色呕吐物却从他嘴里喷涌而出。

他慌忙跳下地，飞也似的逃进了森林里。他脚不停歇地抓起一片橡树叶要擦拭口鼻，却撞上一块岩石，摔了个四脚朝天。刚抬起头，他就听见了笑声——旁边一根木头上有两只金花鼠正在看他的笑话呢。看到他挣扎着站起来，他们甚至大声叫好。唉，脸都丢尽了。菲尼克斯摇摇晃晃地爬回树上，爬进洞里，像个幼崽一样蜷缩在窝中。

自然，他睡不着。他此刻唯一的愿望是：他已经睡着了，刚刚发生的一切只是一场噩梦。他朝自己的脑袋打了一拳，可这并不能将他打醒。用一根松针戳戳自己呢？也没用——刚刚那场噩梦是真实发生的，他在吉赛尔和其他松鼠面前吐了一堆浆果。

过了一会儿，他听到爪子抓树皮的声音。

"菲尼克斯？"外面传来一个关切的声音，"你还好吗？"

他最小的妹妹正朝洞里探望。她是一家子里最瘦小的，也是最可爱的那一个。

"我吃了一些坏掉的浆果。"菲尼克斯嗫嚅道。

"我能帮你做点儿什么吗？"

"谢谢你，不用了。"接着，他压抑着自己的自尊心，打听起吉赛尔是否对他的"即兴表演"评头论足。

"她没提到你，"妹妹回答，"她只说了泰伦。"

这并没有让他好过一点儿。

在生命中第一个失眠的夜晚，菲尼克斯得出了一个痛苦的结论：他已经没脸出现在大家面前了——除非他也亲自爬上那两座铁塔，来一场走钢丝表演。他还知道泰伦为什么要选择在太阳落山后表演：猛禽在入夜后就看不清地面了——只有猫头鹰除外；而且，半明半暗的光线也增加了表演的戏剧性。因此，他要表演的话，也会选在日落时分。

第二天，菲尼克斯独自躲了起来。他最小的妹妹在下午三点左右带着一颗橡子过来了，但是一想到那纤细的、高悬在半空中的电缆，他就没了胃口。黄昏时分，他终于冒险出门了。他又碰到许多松鼠向北进发，哦，是泰伦又开始新一天的表演了吧。他没有跟在他们后面，而是跑到一根已腐朽一大半的木头前，从里面捧出残留的雨水，洗了洗口鼻，以防自己脸上还有残留的呕吐物。在那之后，他又磨蹭了一会儿。因此，当他来到森林北边时，太阳已经西斜到云层后边去了。他从松鼠和猫鹊坐着的栅栏底下爬出来，但看见电线上只有一对红翼黑鸟。不过，当他仔细观察那两座紧挨着的电缆塔时，他发现一只松鼠正沿着其中一座向上爬。

"为什么他肩上还挂着一条绳子？"栅栏上传来一声问话。

"那是红甘草糖。"吉赛尔头头是道地说，"可能是为了快速补充能量吧。"

菲尼克斯深吸了一口气，瞄准另一座高塔，迅速跑过泥土路，进入了玉米地。这些玉米长得又粗又高，因此他在根茎处前行时，光线异常昏暗。所幸今天他头脑还算清醒。他跳过一条乌梢蛇，吓飞了一家子白颊椋鸟，但并没有撞上任何东西。

然而，当他来到塔身的一条腿跟前时，他发现自己的爪子无法插入钢铁里。他迅速估摸了一下情况，发现可以把那些交叉的支架当成梯子，于是他开始一级一级地往上爬。在他爬到铁塔几条腿的连接处，也就是距离地面三分之二塔身高度的地方时，他的心跳得太快了，让他不得不停下来。他知道最好别朝下看，于是朝上看去。啊，泰伦正在上方的一根电缆上，用红甘草糖跳绳呢。一开始，菲尼克斯很兴奋，接着，他冒出了一个邪恶的念头。

塔顶有两根横木，每根横木上架着两根电缆。泰伦正在较高的那排电缆的其中一根上，当菲尼克斯抵达较低的那根横木时，一个巨大的金属盒子挡住了他向上的路。但这盒子只占据了铁塔的一边，如果他转头从另一边爬，就可以完成这段艰苦的旅程。金属盒子的顶部与更高的那根横木齐平，这样，他有一个安全的地方可以蹲下来喘口气，欣赏欣赏这壮观的景色。

东边海滩上灯火通明的别墅后面，一道银色的轨迹一直连到正在从海面上升起的满月。另一边，城镇在灿烂的、浆果色的天空下闪闪发光。但很快，菲尼克斯的注意力就被泰伦所在的电缆吸引了，如果他稍稍晃动一下电缆，这个喜欢出风头的讨厌鬼没准儿就会失去平衡从电缆上掉下去！只是，他敢这样做吗？

正当菲尼克斯鼓起勇气爬到横木的尽头时，风突然猛烈地刮了起来，菲尼克斯不得不抓住盒子的边缘以免自己被吹下去。但这并不只是一阵风，风越刮越猛，他的毛被吹得紧紧贴着背部。

菲尼克斯听到一声尖叫，泰伦不再跳绳了——他的前爪正抓在电缆上晃荡，风已经把他刮得歪向一边。又是一声尖叫，泰伦的爪子滑脱了！

菲尼克斯曾希望泰伦跌下去，但当这件事真的发生时，他却惊恐万分！紧接着，他听到了第三声尖叫。他紧紧抓住盒子边缘往下看，泰伦并没有跌到地上，而是抓住了较低的那根电缆，正四爪并用倒挂在上面。菲尼克斯忘记了大风，他屁股朝下滑到较低的那根横木上，慢慢蠕动到电缆上。

"往这儿来！"他叫道。

泰伦吃惊地四顾，开始攀着下垂的电缆往上爬。但当他快爬到横木时，他的后爪突然又滑脱了，只剩前爪抓着电缆摇摇欲坠。

"抓住我的尾巴！"菲尼克斯喊道。

菲尼克斯前爪抓着横木，后爪抓着摇晃的电缆，尾巴向下垂着，但是他并没有准备好承受住泰伦的体重。当泰伦抓住他的尾巴时，那额外的重量几乎也将他拉了下去——就差一点点。菲尼克斯用尽全力将自个儿拉上了横木，泰伦也在他身边爬了上来。

"我们……从这大风中……逃出来了！"泰伦喘着气，跳向那个金属盒子。

一根绝缘电缆从盒子侧边的开口伸进去。那开口勉强够一只松鼠钻进去。泰伦先钻了进去，菲尼克斯随后。当菲尼克斯的眼睛适应了里头的黑暗后，他看到了各种电线、开关和电路。

泰伦坐在一个开关上，目瞪口呆地望着他，问："你怎么上来了？"

菲尼克斯坐在一卷电线上，答道："我很好奇这上面是什么样的。"当然，他说的也不全是假话。

"嘿，你救了我的命，松鼠老弟！"

是啊，谁说不是呢？他发现自己不那么讨厌泰伦了。这个盒子充当了风暴中完美的栖身之所，他们两个蜷缩在那里，直到洞口的风停止了呼啸。当他们钻出盒子时，天已经黑透了。泰伦直接头朝下爬下了铁塔，菲尼克斯则用他那套小伎俩绕着铁塔一圈一圈转下去。来到塔底时，菲尼克斯苦恼地发现松鼠们都在那儿迎接他们。不过还没等谁拿他奇怪的"下树"方式开玩笑，泰伦就拍了拍他的后背说："这家伙救了我的命！"

"我们看到了！"吉赛尔叫道。

"那是我弟弟。"菲尼克斯的大姐对她朋友说。

在穿过玉米地回来的路上，菲尼克斯发现松鼠们争着走在他身边。他几乎感觉不到脚掌下的地面了。没有谁记得他昨天的糗事了，他甚至不用走钢丝就成了英雄！

回到森林，泰伦钻进了他树桩上的洞里，一转眼又跑了出来，把四颗坚果塞进菲尼克斯的爪子里。

"我的一点儿小小谢意。"他说。

那坚果香味扑鼻，菲尼克斯迅速吸了几下鼻子。"这是什么？"他问道。

"烤杏仁，如果你还想要，尽管对我开口。"

泰伦再次谢过他，说了晚安，回到自己的树桩里。其余松鼠也各自回到了松林里。吉赛尔落在后面，走在菲尼克斯身边。菲尼克斯以为她想尝尝烤杏仁，但当他递给她时，她却说自己从不在睡前进食。

"我今天特别激动。"她补充说，"我猜我可能会睡不着。"

菲尼克斯也特别激动，因此，当吉赛尔问他是否愿意去看看她最喜欢的地方时，他欣然同意了。

"等会儿在墓地见。"她说完就跑开了。

既然还没上床睡觉，菲尼克斯打算尝尝烤杏仁的味道。啊，太好吃了！他在回家的路上又接连吃了两颗。在去墓地之前，他把最后一颗藏在了自己的小窝里。

墓地在森林的最南端，挨着一片沼泽，这儿的土地很松软——尽管如此，把这儿作为最喜欢的地方还是有点儿奇怪。然而吉赛尔正在一块石碑前等他，她的皮毛梳理得整整齐齐。他还没来得及开口问她的祖先是否就躺在这块石碑底下，她就匆匆走出了树林。菲尼克斯从来没去过沼泽地，但他没有一丝犹豫，和她并排在芦苇丛里跑着。起初，芦苇发出干燥的沙沙声，越到后头，芦苇叶越绿，四周也越来越幽静了。

最后，他和吉赛尔来到了一个小池塘边。他意识到，这才是她最喜欢的地方——这儿真的美极了。

"快看，另一个月亮。"他指着水里说。

月亮正高高地挂在天上，而它的孪生兄弟正在池塘深处闪闪发光，旁边甚至还有点点星光。

"这是月亮的倒影，傻瓜。"吉赛尔说着，把身体探向水面，"看，这是我的倒影。"

菲尼克斯也把身体探向水面。真的，那儿有一个她，也有一个他！他朝自己笑了。他转了个身，把尾巴探在水面上，哦，它看起来相当迷人。

"你有一条漂亮的尾巴，"她说着，像是某种暗示，"在阳光下，会看到皮毛里夹着一点儿赤褐色。"

"谢谢你。"菲尼克斯有点儿不好意思地说。

过去，吉赛尔总是不停地谈论泰伦；现在，他们蹲在池塘旁边，吉赛尔的话题却始终没有离开过他——菲尼克斯，这让他很开心。他们深情地看着对方，正当他想问，她是否允许他为她梳理胡须时，她为他理了理胡须。这感觉实在是太棒了！当他们回到森林互道晚安时，他们又互相梳理了胡须。

第二天，直到日上三竿，菲尼克斯才起床。这是他起得最迟的一天，他饿极了，整个下午都在找东西吃。回家的路上，他想绕道到池塘去——在白天看看自己的倒影也很不错。但当他准备往森林南边走时，他遇见了一个堂兄，对方告诉他一个惊人的消息：泰伦又在走钢丝了。

"为什么？"菲尼克斯问。

"为了他的红甘草糖。"

菲尼克斯跟随堂兄来到森林的北边，大部分年轻松鼠已经在那儿了，泰伦和吉赛尔也在。泰伦冷冷地盯着森林外的玉米田，他的红甘草糖高高地挂在其中一根电缆上，一定是昨晚他被风吹下来时挂在了那里。而对泰伦来说，红甘草糖挂在那里就是在羞辱他。

太阳一落山，泰伦就毅然决然地向玉米地进发了。菲尼克斯跟着其他松鼠走到栅栏旁，和吉赛尔一起坐在栅栏顶上。当他们看到一条大尾巴开始爬上最近的那座铁塔时，菲尼克斯不禁感叹，发生了昨天的事情，泰伦还能重新回到那个地方，真有勇气。

"希望你不用再去救他了。"吉赛尔说着，和他碰了碰肩膀。

那条红甘草糖还挂在泰伦昨天爬的那根电缆上，泰伦没有一刻犹豫，直接爬了上去，这让菲尼克斯赞叹不已；但同时，菲尼克斯觉得，泰伦把红甘草糖在腰上绕三圈并打了个花哨的结的做派，有点儿过于炫耀了。所以当泰伦在返回铁塔的路上不得不时时停下来以找到平衡时，菲尼克斯一点儿也不为他感到抱歉。

"哎哟！"当泰伦第二次停下来保持平衡的时候，一只松鼠叫了起来。

"我希望那里不会再刮大风了。"菲尼克斯最小的妹妹说。

是的，风通常在日落时分减弱，但是，连续两天，日落却仿佛助长了风势。玉米地被吹起了涟漪，电缆也开始摇摆。泰伦正四爪并用抓着电缆，努力想到达塔尖。菲尼克斯不禁产生了一个可怕的想法：大家也许希望他再回到那儿去帮助泰伦吧！好在泰伦终于靠自己到达了顶部的横梁，然后他沿着金属盒子的另一边爬下去，钻进金属盒子里，等着风停下来。

"那里面到底有什么？"吉赛尔问。

"人类的东西。"菲尼克斯此刻显得很博学。

此时此刻，西边的城镇灯火辉煌；而东边，一轮蒙着薄雾的月亮正从灯火通明的海滨别墅上空冉冉升起。可惜，这如画的风景并不能阻止年轻的松鼠们感到无聊。

"这实在是太无聊了。"一只松鼠说着，跳下了地。

其他松鼠纷纷效仿。菲尼克斯也想离开这里去池塘，但他猜想吉赛尔一定想留下，以确保泰伦能毫发无伤地下来。最后，当有松鼠提出，泰伦没准儿已经在上面睡着了的时候，菲尼克斯才提出了他想去池塘的想法。

"如果你想去就去吧。"吉赛尔说，"但是像这样的大风天气，池塘并不好玩儿，它的水面不平静，你并不能看清自己的倒影。"

菲尼克斯于是同意和吉赛尔一起等着。突然，镇上所有的灯都熄灭了，海滨别墅的灯也同时熄灭了，只剩被黑暗笼罩的月亮发出一点儿微弱的光。

"难道人类是在同一时间上床睡觉的吗？"有松鼠问。

没有谁能答得上来。但是，黑暗中玉米秆的刮擦声让他们浑身起鸡皮疙瘩，还留在这里的松鼠们很快离开了栅栏。菲尼克斯也陪着吉赛尔走到她的树下，帮她梳理胡须并道了晚安。

第二天早上，菲尼克斯像往常一样饿着肚子醒来，从角落里翻出了第四颗烤杏仁。啊，太好吃了！他决定接受泰伦的好意，再去要一点儿。当他来到泰伦住的树桩时，他发现那只猫鹊也停在上头。

"泰伦在家吗？"他问道。

猫鹊摇摇头。

"去觅食了？"菲尼克斯继续问。

"他从不觅食，"猫鹊说，"他的储藏室总是满满的。上周，他还给了我三颗金色葡萄干。"

"那他在镇上的家里吗？"

"他还没有从那塔上下来。"

菲尼克斯遥望着远处的栅栏和玉米地，玉米秆子已经不再摇晃了，他说："我想他在上面补觉吧。"

"你这么说也行。"猫鹊说。

"你什么意思？"菲尼克斯听出这只鸟儿声音里带着悲伤的腔调，感到很惊讶。

"他死了。"猫鹊说。

"死了？"菲尼克斯怀疑地问，"你怎么知道的？"

"我飞上去看过了。"

菲尼克斯盯着最近的那个塔尖看了一会儿。泰伦是像爸爸指给他看过的那只浣熊一样，被碾平了吗？但是，有什么东西能到那么高的地方去碾平他？

"我不相信。"最后，菲尼克斯说。

猫鹊支棱起他的翅膀，说："你自己去看吧。"

03

烤杏仁

菲尼克斯的爸爸妈妈反复告诫过他：不要在白天单独离开森林。因此，菲尼克斯马上跑去找爸爸，最终在森林西边找到了他。鲁伯特正两爪放在屁股上，皱着眉头望着两棵红枫树根部之间的一个洞。

"出什么事了？"菲尼克斯问他。

"是金花鼠干的，"鲁伯特嘟囔道，"这可是我最大的仓库。"

菲尼克斯表示了同情，接着告诉了他泰伦的事。

"死了？"鲁伯特怀疑地问。

菲尼克斯带鲁伯特来到泰伦空空的树桩，然后指给他看那高高的铁塔。

"他为什么要愚蠢地爬到那上面去？"鲁伯特问。

"说出来可能吓您一跳，"那只猫鹊落在树桩上，接嘴说，"别的松鼠也上去过呢。"

菲尼克斯狠狠剜了他一眼，那鸟儿马上躲到一株矮橡树上去了。菲尼克斯转向爸爸，解释说："泰伦也许是个爱出风头的家伙，但我们必须去检查一下他是否还活着。"

鲁伯特仔细地扫视了天空后，开始赶往玉米地。在他们爬上铁塔的途中，他又停下来扫视了五次。菲尼克斯觉得爸爸谨慎过头了，毕竟此时天空中最大的鸟儿不过是一只冠蓝鸦。

当他们到达金属盒子的时候，菲尼克斯假装自己从未近距离看过这东西。

"嘿，快看，这儿有个洞可以进去。"他喊道。

他让爸爸先钻进去，随后自己也挤了进去。当他的眼睛适应了里头的光线后，他松了一口气：泰伦正好端端地躺在那儿呢，他在一个角落睡着了，红甘草糖还缠在他的腰上。然而，不管菲尼克斯如何大喊他的名字，他都毫无回应。推他，摇他，他也没有反应。鲁伯特仔细地检查过后，失落地宣布，猫鹊是对的，泰伦死了。

"但是他没被碾平啊。"菲尼克斯说。

"孩子，并不是只有被碾平才会死。"

"那么——是什么杀了他呢？"菲尼克斯惊慌地说。

鲁伯特也回答不上来。"没准儿你的弗洛姑奶奶能有些头绪，"他说，"去叫她来吧，路上小心点儿。"

菲尼克斯怀疑这是徒劳。尽管弗洛姑奶奶很有智慧，但她毕竟是菲尼克斯所认识的最老的松鼠，他甚至怀疑她能否爬上这座铁塔。但他还是去了，而当他到达弗洛姑奶奶住的位于森林东端的白桦树时，他开始怀疑是自己错了——弗洛姑奶奶的家竟然安在树尖上！而且她显然经常从那里上上下下。

正如大部分松鼠一样，菲尼克斯的巢穴是用树叶和草叶铺成的。但弗洛姑奶奶的巢穴却是由报纸铺成的，就是菲尼克斯上次在人类游泳池旁的垃圾箱里见到的那种报纸。他探头进去时，弗洛姑奶奶看起来像是正在等他。

"啊，菲尼克斯，"她说着，捋了捋灰白鼻子上的胡须，"让我猜猜，你一定是遇到了爱情难题。"

"呃，不，"他说，"是爸爸叫我来请你的。"

"啊，是他的婚姻出问题了吗？"

"不，是泰伦，他是一只年轻的松鼠，他——"

"我知道泰伦，整日游荡在森林和城镇之间，他吃不消了吧？"

"不是，他死了。"

"哦，老天，是汽车干的吗？"

"汽车？"

"碾过去了？"

"他没被碾平，如果你是这个意思的话。"

"狐狸干的？"

"不，我认为不是，爸爸希望您亲自去看一看，但是……那地方有点儿高。"

"那么我得先吃点儿东西。"

这只上了年纪的老松鼠从一张报纸下面掏出一颗吃了一半的马栗子。咬了一小片之后，她把马栗子递给菲尼克斯，但菲尼克斯还没来得及吃，她就已经走出了洞穴。菲尼克斯不得不把马栗子扔到一边，紧跟着她。她沿着细长的白色树干冲下去，然后饶有兴致地看着菲尼克斯以自己的方式跟在她后面转下来。

"转了那么多圈，你一定头晕了吧？"当菲尼克斯落地之后，她评论说。

"我在欣赏树皮。"菲尼克斯迅速狡辩。

"啊，白桦树的确很可爱，不是吗？"

他们来到森林的北边，菲尼克斯指给她看那座有金属盒子的铁塔。弗洛姑奶奶小声地嘀咕了几句"愚蠢的小松鼠",接着在扫视天空之后,朝玉米地冲去。菲尼克斯狂奔着跟在后面,但当他到达铁塔脚下时,弗洛姑奶奶已经爬到一半高了,一定是爸爸的声音引导她进入那个金属盒子。反正当菲尼克斯喘着气到达第一根横木时,哪儿都找不到她。最后,等到他也挤进了那个金属盒子时,他感觉有点儿丢脸。

弗洛姑奶奶和爸爸正在检查泰伦。

"有线索了吗?"鲁伯特问。

弗洛姑奶奶没有回答,接着,她的耳朵竖了起来。

"你们听到了吗?"她说。

"听到什么?"菲尼克斯和他的爸爸一齐说。

她将头伸出盒子望了望,很快又缩了回来。

"人类。"

鲁伯特也伸出头望了望,接着是菲尼克斯。一辆卡车穿过玉米地中间一条坑坑洼洼的土路,停在了塔底。两个人从车里走出来,他们腰上缠着工具腰带,头上戴着闪闪发亮的金属帽子。

"他们要上来!"菲尼克斯喊着,把头缩了回去。果然,那两个人开始朝塔上爬。

"这就讲得通了,"弗洛姑奶奶说,"泰伦是被电死的。"

"怎么说？"鲁伯特问。

"我昨晚看到海滩上的光在同一时间熄灭了，一定是他让人类的输电网短路了。"她示意他们看，泰伦的身体刚好躺在两个金属线圈中间，"那两个人是来排除故障的。"

菲尼克斯完全不知道"让输电网短路"和"排除故障"是什么意思，但是一想到人类，他就紧张得不敢问。"我们不马上离开这里吗？"他说。

"就这样把泰伦留给人类吗？"弗洛姑奶奶责备他说，"你不觉得他应该有一个像样的葬礼吗？"

鲁伯特又往盒子外看了看。"至少他们爬得很慢。"他说，"我们怎么把泰伦弄下去呢？"

"扔下去？"菲尼克斯建议道。

"不，我们得把他绑到你的背上，菲尼克斯。"弗洛姑奶奶说。

"什么？"

"你在我们三个里是最高大和最强壮的。"

"我敢打赌你说得对，弗洛。"鲁伯特说。

菲尼克斯目瞪口呆。他真的比爸爸还高大、还强壮吗？虽然现在情况很糟糕，但一想到这一点，他的胸脯就挺了起来。

弗洛姑奶奶从泰伦腰上解下红甘草糖，断定它不够结实。于是，她从线轴上猛地抽出几根电线。

"你一定还有最锋利的牙齿吧？"她把电线递给菲尼克斯，"试试看。"

松鼠是啮齿目动物，他们的门牙不会停止生长，因此他们必须不停地啃东西，免得牙齿长得太长。尽管电线很坚硬，菲尼克斯还是设法把它咬断了。他和鲁伯特一起把泰伦移到外面的横木上，然后鲁伯特和弗洛姑奶奶用电线将泰伦绑到了菲尼克斯背上。

鲁伯特是对的，人类的确爬得很慢。这会儿，他们才爬到了铁塔腿的一半。他们还很不善于观察。在爬行的过程中，他们压根儿没注意到有三只松鼠——哦，不，四只，如果你把泰伦也算上的话，正从铁塔的另一边朝下爬。当然，菲尼克斯是屁股朝下一路滑下来的。

"我这是出于对泰伦的尊重。"到达塔底后，菲尼克斯对爸爸和弗洛姑奶奶解释说。

但是，这一切却被松鼠们注意到了。早些时候，几只松鼠就惊讶地看到伟大而智慧的弗洛穿过森林朝北边跑去，年轻的菲尼克斯跟在她后边。现在，这一带的松鼠全都集结到泰伦的树桩边，等着欢迎他们回来。然而，氛围很快变得悲伤起来——泰伦的亲戚们从菲尼克斯背上卸下生机全无的泰伦时，全都呜咽着。

黄昏时分，松鼠们在墓地举行了一场葬礼。尽管大家都很忧伤，菲尼克斯却禁不住发现，年轻松鼠们都在用崇拜的眼神看着他。如果说，他上次营救泰伦的事迹还没有把他呕吐的样子从大家的脑海中抹去，那么这次——他把泰伦的尸体背回来的义举则完完全全做到了。

同时，这也让他清醒地意识到，像泰伦这样年轻健壮的松鼠也可能突然间就躺在地底，距离地面不过十五厘米——尽管泰伦的妈妈在致悼词时哽咽着说，她的儿子从此到了"所有坚果都剥好了壳的天堂"。

葬礼过后，大部分松鼠都回到了他们的洞里或者窝里，菲尼克斯也准备和吉赛尔一起离开，但是弗洛姑奶奶挽住了他的胳膊。

"你愿意陪我走回家吗？"她问。

"当然！"

弗洛姑奶奶想确认，他没有因为朋友的死而受到太大的精神创伤。

"这确实太可怕了。"他承认，"你怎么知道他是被'电死'

的呢？"

"他的死肯定和电有关。"她言之凿凿地说。

"电是什么？"

"一种对人类至关重要的能量，能为他们提供光和热。"

菲尼克斯已经在弗洛姑奶奶面前屁股朝下"滑"过了，他不想再展示自己的无知，因此他点点头，假装听懂了。

在从弗洛姑奶奶的白桦树回家的途中，菲尼克斯去找了吉赛尔，吉赛尔提议去池塘，他同意了。他刚刚收获了如此多赞美的目光，他也想看看自己的倒影是否有所不同，而且和吉赛尔依偎在一起也很舒服。但是他们刚参加完泰伦的葬礼，这样做似乎有点儿不合适，因此他建议明天再去。

"也许你说得对。"她叹息着说。

第二天早上，当菲尼克斯从他的松树上下来的时候，泰伦的一个胖叔叔正在松针堆上等着他。

"完美的绕圈。"胖叔叔评论了他的下树方式。

"这是我的晨练。"菲尼克斯解释说，"找我有什么事情吗？"

"我们在分割可怜的泰伦留下的东西，是你把他带回来给我们的，我们认为你也应该有一份留作纪念。"

他递过来一个箔纸包，菲尼克斯打开了它。烤杏仁的香味马上飘了出来。

"谢谢你！我每吃一颗都会想念泰伦一次。"

他把箔纸包塞进洞里。在出发去找吉赛尔之前，他又塞了几颗到嘴里，储存在颊囊里。他最终在墓地见到了吉赛尔，他本来猜想吉赛尔正在表达对泰伦的思念，但看起来她已经不再被这件事困扰了。

"谁后跑到池塘，谁就是金花鼠！"她叫道。

他们飞快地跑出森林，跑进了芦苇丛。吉赛尔跑得像弗洛姑奶奶一样快，菲尼克斯也全力以赴。他们互不相让，最终吉赛尔还是比他早一步从芦苇丛里蹿到池塘边。

"你是让着我吗？"她终于喘过气来后，问道。

菲尼克斯很想微微一笑，故作深沉，但是他喘着粗气，很难笑出来。过了一会儿，他们听到一声低沉的呱呱声。

"一只牛蛙。"吉赛尔说着，指了指池塘，"你吃过青蛙吗？"

菲尼克斯摇了摇头。

"我也没有，"她说，"我只吃过蝾螈。"

"感觉如何？"

"很难嚼。今天天气真不错，是吧？一丝风也没有。"

她用鼻子抵着他，深情地看了他一眼。

"你的呼吸很有趣。"他们互相梳理了胡须后，她说。

"可能是因为它们。"他说着，把烤杏仁吐到爪子里，"其中一颗是给你的。"

"从你嘴里吐出来的？"她说着，皱起了鼻子。

"哦，抱歉。"

他走到水边，清洗了杏仁。回头时，他瞥见了自己倒映在池塘里的尾巴，忍不住转过身去，把身子探出水面，噗噗地摇了摇尾巴。很遗憾泰伦去世了，但毫无疑问，菲尼克斯也因此成了森林里无可争议的最出色的年轻松鼠。

"你知道，"他说，"在白天你能更清楚地看见自己，特别是在——"

突然，他的左肩一阵剧痛。

菲尼克斯觉得自己被提起来，烤杏仁从他爪子里掉了出来。他瞥见吉赛尔大张着嘴望着他。转眼间，她看起来比花栗鼠还小；很快，她甚至还没有一颗橡子大了。

04

新鲜的松鼠

距离下面的森林越来越远，不一会儿，他感到头晕目眩了，松树则小得像草叶。菲尼克斯扭过头，迎面撞上了一堆羽毛。啊，他被一只猛禽抓住了！他试图挣脱，但猛禽却抓得更紧了，他的肩膀愈加疼痛——猛禽的一只爪子刺穿了他的肩膀，而另一只爪子则像老虎钳一样牢牢钳制着他的后腿。

"放开我！"他喊道。

猛禽使劲拍了拍他宽大的翅膀，问："你是一只会飞的松鼠吗？"

"我是一只树松鼠！"

"那么你不会真的想让我放开你。"

菲尼克斯又不敢往下看了。事实上，他哪儿都不敢看——他们飞得实在太高了——他紧紧闭着眼睛。但一闭上眼睛，他就感觉肩膀上的刺痛更加强烈。他快要死了吗？风呼呼刮着，比他上次在塔上救泰伦时刮得还要猛烈；他的心也怦怦跳着，仿佛要从胸口冲出来。

他没力气了，等待着死亡的宣判。就算肩上的利爪不会杀死他，猛禽也很快会降落在某个地方把他吃掉的——这就是松鼠落在猛禽手里的下场，爸爸妈妈早就警告过菲尼克斯。他会先吃我哪一部分呢？菲尼克斯想着。唉，让这一切快点儿结束吧！

但这只猛禽仍在不停地飞行，只是飞得不太顺畅。时而，他们直线下降；时而，猛禽使劲扇动翅膀，他们又猛然上升。最终，猛禽忍不住抱怨道："你想过减肥吗？"

听起来这只猛禽是想让他道歉，但是菲利克斯咬紧牙关，拒不道歉。可他很快痛得受不了了，终于开口道："你为什么不停下来吃了我呢？"

"什么？"猛禽没听清楚。

菲尼克斯大喊着重复了一遍。

"你不是我的食物。"猛禽回答他。

"那我是谁的食物？"

"雏鹰们的。"

"那是什么？"

"我的小崽子们。"

"啊哈！"菲尼克斯叫出了声，他想象着小猛禽们先后把他啄死的样子，"你就不能帮我摆脱痛苦吗？"

"我能理解你的感受，"猛禽同情地说，"但是他们要求食物是新鲜的。"

"他们在哪儿？"菲尼克斯用几乎窒息的声音问道。

"很遗憾，还在巢里。"

他们跌跌撞撞地飞着，经过了一群往南飞的椋鸟，接着，猛禽又开口了："我想，你大概还太年轻，还没有孩子，那么我给你一个忠告，千万别心软，一旦他们羽翼丰满，就把他们都赶出家门去。"

菲尼克斯完全不知道"羽翼丰满"是什么意思，但是他从猛禽的话里听出一丝希望。假如这家伙打定主意把你当作他孩子的晚餐，他为什么还会给你育儿建议呢？

"我的肩膀。"菲尼克斯呻吟道。

"什么？"猛禽疑惑地问，这才意识到了什么，"哦，抱歉。"

他松了松爪子，把他刀锋一样的爪子从菲尼克斯的肩膀里拔出来，又重新抓好他。虽然菲尼克斯的肩膀只好受了一点点，但是这只猛禽表现出的同情心似乎是个好兆头。

"你的巢穴就在这附近吗？"菲尼克斯问。

"我倒希望是呢！我真傻，选择你这么胖的猎物，都快飞不动了。但是你看上去唾手可得，我又怎么能拒绝呢？而且你知道孩子们有多难缠吗？你绝对不能空手回到家里。我本来是去五月岬探望我妈妈的，真是一段长途旅程！但怎么说呢，我就是在那里长大的。你呢？"

"我吗？"

"你是一只新泽西松鼠吗？"

"我是一只树松鼠。"菲尼克斯又强调了一遍。尽管现在处境危险，他还是感到有点儿不耐烦了。

"我是说，你一直住在新泽西吗？"

菲尼克斯从没听说过什么"新泽西"。他一向不想显得无知，但考虑到现在的处境，丢脸也无所谓了，因此他开口问猛禽"新泽西"是什么。

"就是那儿。"猛禽说着，用钩状的嘴向下一指。

菲尼克斯向下瞟了一眼，险些晕过去。在他们下面很远的地方，有两只海鸥在乘风飞翔；再下面很远很远的地方，是一片海滩。

"我是从马纳霍金把你抓来的。"猛禽对他说。

"马纳霍金又是什么？"

"新泽西的一个地方。你们松鼠什么都不知道吗？"

接下来，菲尼克斯沉默了很长时间，他只是紧闭双眼，咬紧牙关。尽管他肩膀的疼痛已经减轻了，悬挂在猛禽的爪子里还是很不舒服。渐渐地，空气越来越糟糕了，但飞行却慢慢顺利起来。

"这不是我在新泽西最喜欢的地方，"猛禽最终开口说，"但至少风向对我们有利。"

菲尼克斯又偷偷往下看了一眼。在他们下面，是许多停满谋杀机器的希利亚德大道，这些大道在巨大的像盒子一样的建筑中间蜿蜒，瘦削的尖塔从建筑中直伸出来。他问猛禽，从尖塔里冒出来的是什么。

"你说那些烟囱？"猛禽回答，"绝大部分是废气。这儿就是他们所说的工业区；那边，是垃圾填埋场。"

"垃圾填埋场？"

"就是垃圾堆，"猛禽嗤之以鼻，"可怕的恶臭——但海鸥喜欢这味道。"

"你是哪种鸟呢？"

"红尾鹰。我名叫沃尔特，你呢？"

菲尼克斯扭头看去，沃尔特的尾巴的确是红色的。

"菲尼克斯。"他回答。

沃尔特并没有开玩笑说这是个女孩的名字，所以菲尼克斯开始打听他的家在新泽西的哪个区域。

"帕利塞德悬崖，"红尾鹰回答说，"就在这座城市的北边，风景特别好。你应该从我家所在的悬崖上看看太阳从河上升起来的样子。"

"我真想看看。"菲尼克斯充满希望地说，"那么这座城市是哪儿呢？"

"纽约。天哪！你该不会从来没听说过纽约吧？"

菲尼克斯没说话，尽管他确实没听说过纽约。

"就在前面，抬头看。"沃尔特说，"你不会想生活在这座城市的，它像一个挤满了人类的蜂箱。不过我的一个堂兄很喜欢这里，他的巢就筑在中央公园旁的一栋建筑上。他特别喜欢抛头露面，还上过报纸呢。"

沃尔特说的大部分内容，菲尼克斯都没听懂，但是他听懂了"报纸"这个词，他马上提到，他的弗洛姑奶奶就用报纸铺满了巢穴。

"报纸一淋雨就完蛋，"沃尔特说，"我们也尝试过用它铺巢。我的巢应该就快到了。"

要不是想到一些饥饿的小喙在等着他，菲尼克斯还是挺期待着陆的。然而，他们不但没有下降，反而开始攀升。

"再给你一个关于城市的忠告，"沃尔特说，"城市中间会形成热岛效应，因此在飞行的时候，你能获得一些上升的暖气流。"

"什么是上升的暖气流？"菲尼克斯问。

"就是上升气流，能够帮助节省体力。快看，风景很美，不是吗？"

菲尼克斯抑制住自己的恐惧，又往下看了一眼——底下是他从未见过的、最可怕的景象。从他爸爸妈妈家的松树顶上，他曾见到过十几座建筑和尖塔，但现在，就在他们正下方，是数以百万计的建筑和尖塔——比森林里的树还尖利，像长矛一样指着他们。

"这一块地方叫曼哈顿。"沃尔特说。

"那不是你抓住我的地方吗？"

"不是马纳霍金，是曼哈顿。①这儿是一座岛，你看到那些桥

---

① 马纳霍金英文为 Manahawkin，曼哈顿英文为 Manhattan，英文里两个地方的发音听起来很相近。

了吗？你可以停在那儿，从河里抓鱼——如果你特别喜欢吃鱼的话。就我个人来说，我并不喜欢，但我的小崽子们喜欢吃鱼。"

菲尼克斯不想再往下看了，连桥也不想看。"你的小崽子们特别喜欢吃松鼠吗？"他问。

"呃，嗯……是的，恐怕是这样的。"

这些话听起来似乎有些歉意，所以菲尼克斯忍不住问："你不会真要把我喂给他们吃吧，沃尔特？"

沃尔特陷入了沉思。事实上，他也很享受这只松鼠的陪伴，尽管他希望这只松鼠能稍微减减肥。

就在这时，菲尼克斯听到一种声音。他回头看了一眼，只见一只比沃尔特大百倍也闪亮百倍的大鸟正朝他们咆哮而来。

"小心！"菲尼克斯叫出了声。

沃尔特转过头，发出一声尖叫，惊慌地拍动着翅膀。一瞬间，他的爪子松开了，菲尼克斯滑落了下去。菲尼克斯的心跳都暂停了，他抬头正看见那只巨型的、闪闪发光的大鸟挡住了太阳。它一定把沃尔特一口吞掉了吧？因为天空中再也看不到红尾鹰的踪迹了。

菲尼克斯翻了个身，以便用爪子着地。但迎接他的并不是地面，而是长矛状的、冲他而来的尖塔。

在他左边，是环曼哈顿水域的一部分。他没有说谎，他的确不是一只会飞的松鼠，但他开始本能地模仿飞鼠的样子，尽可能地张开胳膊和腿，以制造最大的空气阻力。他竭力想降落在水里，因为水面是比地面更软的着陆点。

但他觉得这应该很难做到了。

05

碎饼干

中央公园，也就是沃尔特堂兄捕猎的地方，位于曼哈顿城中心，是由超过二十五平方千米的森林、田野和池塘组成的。此外，曼哈顿还有很多小公园。可不幸的是，菲尼克斯没有降落到任何一个公园里。

不过，他的运气也不算特别坏。城市一些街道两旁种满了树，菲尼克斯刚好降落在一棵老梧桐树上，密密层层的阔叶为他提供了缓冲。当他从树上掉落到地上时，地面也不像往常那么坚硬——这座街区正在重新铺设路面，一队筑路工人刚刚铺设了一层滚烫的沥青，让路面变得柔软了。

尽管如此，他落地时还是发出了很大的撞击声。触地的力量使得他四肢摊开，肚子着地。好在他没被撞晕。要不是沥青太烫了，他实在不想起来。然而，沥青真的太烫了！几秒之内就要把他像鸡蛋一样煎熟了。他的正面烫伤了，所以他翻了个面——唉，这真是个糟糕的决定。他跳了起来，沥青马上烫伤了他的脚掌。

更糟糕的是，沥青滚烫的烟灼伤了他的眼睛，让他眼泪直流，他什么也看不见了。然而，他还有听觉，他听到人行道上有人在大喊大叫。

"那是只松鼠吗？"

"更像是老鼠吧，要我说。"

"他快变成煎饼了。"

菲尼克斯听不懂他们在说什么，也看不到压路机在朝他逼近，但他听到有庞然大物碾压而来——可怕的声音促使他朝反方向逃跑。这一条路都很烫脚，于是他向左转，一头撞上了马路牙子。

他晕头转向地爬上人行道，迎接他的是另一个更可怕的声音。一名专业遛狗师牵着六只狗朝人行道走过来，狗一见到菲尼克斯就一齐叫起来。菲尼克斯马上掉头，又一头撞上了别的东西——这东西还有点儿弹性。他愤怒地眨着眼，从模糊的视线看去，这东西很像人类水池边的栅栏。

奋力挤过链式栅栏时，他疼得差点儿晕过去。他的整个身体好像着了火一般。要是能回到沃尔特抓住他的那个池塘去该多好啊！那才是他需要的东西：水，能降温解渴的水。他的嗓子正干得要命。他眨眨眼，看见一些巨大的怪物若隐若现，有些长着巨型牙齿，有些比松树还高。他忍不住颤抖起来。

"你怎么了？"一个嘶哑的声音问。

菲尼克斯收回视线，看到一只大鸟模模糊糊的轮廓。"你是一只红尾鹰吗？"他大声问道。

"我看起来像鹰吗？"那大鸟回答，"拜托看清楚，我是一只鸽子。"

"你吃松鼠吗？"

"你为什么这么问？"

"因为我是一只松鼠。"

"哦，你看起来可不像一只松鼠。你打哪儿来的？"

"一个叫新泽西的地方。"

鸽子发出低低的咕咕声，说："别告诉我你是从河里游过来的！"

"河？"菲尼克斯叫起来，"在哪儿？你能带我去吗？求你了！"

"想游回家？啊哈！河离这儿不远，跟我来吧。"

鸽子都是属于大城市的、世故的动物，他们相信自己已经见识过世间的一切。但这只名叫玛莎的鸽子还从未见过哪个烧焦的动物游过宽阔的哈德逊河——这是一个值得讲给子孙们听的故事。

她摇摇摆摆地走过他们所在的建筑工地——那些怪物实际上是打桩机、反铲挖掘机和起重机。菲尼克斯觉得这只鸽子是他唯一的希望了，便跟着她绕过一个深洞，走下一条架在两根锯木架上的巨大管道。但当他们穿过栅栏上的裂缝，来到另一条人行道时，一个可怕的声音让他不寒而栗。"河"上似乎挤满了谋杀机器，而且它们正在以惊人的速度呼啸穿梭！

"我指的是装满水那种河。"他嘶哑地说。

"还能有什么河？"玛莎说，"那儿就是。"

"你说我们得穿过这条希利亚德大道才能到河那里？"

"希利亚德大道？你在说什么？这是西区公路。"

玛莎以前从未考虑过交通问题，毕竟她能飞过去，但面前这可怜的家伙没有翅膀。

"我们得等红灯。"她说。

在等待神秘的红灯时，他们交换了姓名。过了一会儿，那些谋杀机器全都停了下来，玛莎摇摇摆摆地穿过公路。为了离河更近，菲尼克斯也跟在后面。虽然他还是看不清，但他听到了谋杀机器里传来的笑声。

穿过宽阔的公路后，他们不得不在另一条较窄的路前停了下来。

"这条路是给跑步和骑自行车的人使用的。"玛莎解释说。

在游泳池和玉米地里，人类给菲尼克斯留下了迟缓、懒散的印象。但在这儿，他们模糊的身影疾速掠过，有的步行，有的骑在两轮装置上。

"他们这是赶着去哪儿？"他问。

这个问题玛莎可答不出来，但她不想暴露自己的无知，特别是在一个从新泽西来的乡下佬面前。

"他们去觅食。"她回答。

当人潮出现空隙时，玛莎领着菲尼克斯穿过了慢跑小路。菲尼克斯嗅到，不远处有水的气息。

"跳下去吧，"来到河岸边时，玛莎说，"那边就是新泽西了。"

菲尼克斯眯起眼睛，辨认出两座长长的建筑横跨在河面上，围出了一个方形河湾。在河对岸更远的地方，有更多建筑物的模糊轮廓。海浪在他们正下方拍打着石墙，石墙看上去很光滑，从他脚边到水面的距离比从他的树洞到地面还要远。尽管他非常渴望水，但刚刚经历了高空坠落，他不敢再来一次自由跳水了。

"那上面有别的更好的路吗？"他指着其中一座长长的建筑问。

"没了。"玛莎说。

她随后解释道，过去这里的整个社区都是荒废的，包括码头也无人居住，但近几年来，高层豪华建筑如雨后春笋拔地而起——就是菲尼克斯从空中见过的一部分"长矛"。这里现在人挤人，连码头上也都是人。

"那里被改造成了高尔夫球场，"她指着一处说，"那儿有个体育馆，再过去，是个溜冰场。"

这些词对菲尼克斯来说都很新鲜，但他的痛苦还是战胜了好奇心。"一定有什么地方可以让我下到水里吧。"他说。

玛莎思考了一会儿。"好吧，还有一个住满老鼠的旧码头没被整修过。"她说。

玛莎飞起来时，翅膀啪啪作响。她降落在水边的栏杆上，对面是一条公园长凳，长凳上坐了一个白发苍苍的老妇人。这个老妇人在这一带的鸽子中很出名，因为她总是从袋子里掏出碎饼干分发给他们。一只聪明的鸽子已经潜伏在长凳底下，静静等着了。玛莎也很想等在那儿，但当她看到可怜的、烧焦的菲尼克斯拖着身体向她走来时，想亲眼看着菲尼克斯游过哈德逊河的愿望战胜了自己的食欲。

"这边走。"她说着，又挥动起翅膀。

菲尼克斯跌跌撞撞跟在她身后，心里哀叹自己还不如像泰伦一样被电死算了。他知道自己快撑不住了，拖着烧焦的、破碎的身体前行真是一件苦差事。"唉，跳进河里淹死得了！"他想。正当他准备跳时，玛莎发话了："就在那儿。"

她用嘴指指一座廊桥，菲尼克斯眨眨眼睛，想看得更清楚些。一些像森林里的松树一样的木桩支撑着一座伸出河面的建筑物。那建筑物细长、低矮又破败，窗户又脏又破，塌陷的屋顶上露着洞。

"过不了多久，它就会被拆除或者修缮的。"玛莎对他说，"从那儿走到底，有一个半淹在水里的老船坞，我在那儿跟你会合。"

这个消息让菲尼克斯再次振作起来，见玛莎朝廊桥飞去，他也朝那栋建筑的入口走去。入口处有一扇巨大的推拉门，从门下很容易溜进去。昏暗的室内，木制航运板条箱沿建筑的两侧堆着，一直堆到灰蒙蒙的窗户下沿。板条箱内传出诡异的叽喳声。在中间的空地上，放着一个铁桶，桶边是一堆书、报纸和杂志。

菲尼克斯没敢靠近。那些窸窸窣窣和叽叽喳喳的声音让他觉得毛骨悚然，他又转身从大门下溜了出来。

他检查了廊桥的另一面，一根粗糙的木头横梁搭在上面，横梁高出水面一大截。他在上面爬的时候抓得太紧了，以至于几块碎木屑刺进了他烧焦的脚掌。但他最终还是爬过了廊桥，那里有一条狭窄的坡道通向船坞。

"看到了吗？"玛莎站在附近的一个木桩上问。

船坞半淹没在水里。菲尼克斯一到那儿，就从浸在水里的那一段坡道翻过去，把自己泡进了水中。冰凉的河水让他感到无比轻松。泡了一会儿，他喝了一口，有点儿咸，但也能喝。正当他忙着解渴时，一个浪头迎面横扫过来。在最初的冲击过后，他发现眼睛被水冲刷后更舒服了。

"准备好出发了吗？"玛莎问。

"去哪儿？"他问。

"新泽西。"

哈德逊河这一段的河面宽度超过了一千五百米，菲尼克斯的头刚刚能露出水面，从这么低的视角望去，河面宽得基本看不到边。松鼠的确会游泳，但是他们体重太轻，游不了太长距离。

"我不到半路就会淹死的。"他失落地说。

"这么说，你连试都不会试一下了？"

"对不起。"

这回复让玛莎很失望，但她很快记起了她的碎饼干，便拍拍翅膀飞走了。她走得如此匆忙，菲尼克斯甚至没来得及对她说声感谢。泡在水里的确能舒缓疼痛，但水太凉了，因此他不得不爬到船坞露在水面上的那一段去。可是太阳一晒，他身上又开始抽痛，他只得重新爬进水里减轻痛觉。

就在他重复这个过程的时候，太阳向新泽西西沉了。它变得越来越红，仿佛也被烫过似的。这一天行将结束，菲尼克斯不禁回忆起它是怎么开始的：起先，他从泰伦的叔叔那儿得到了一包烤杏仁；接着，他和吉赛尔一起闲逛到池塘边。唉，要是他听进去了爸爸妈妈的警告，没让自己成为沃尔特的"囊中之物"就好了！那样的话，此刻他会在森林里和吉赛尔一起看日落，而不是在一个人满为患的小岛上，在廊桥尽头忍受痛苦的折磨。时间一分一秒过去，他感到自己越来越虚弱了。以往，他一天最少要吃十次零食，但今天他还什么都没吃过，哪怕是那颗他在池塘边清洗干净的烤杏仁。

这诡异的码头上有什么能吃的吗？他思索着。就在他想拼尽全力去寻觅的时候，他听到有说话声传来。他马上缩回到水下，只露出眼睛和耳朵在水面上。他看到两个动物走下斜坡。在昏暗的光线下，他也拿不准他们是什么东西。但当他们到达船坞时，他打了个寒战——瞧这两条丑陋的蠕虫似的尾巴，他们不就是在人类游泳池旁垃圾箱里翻垃圾的那个东西吗！

"太美了。"一只老鼠说。

"又是一天过去了。"另一只咕哝着说。

两只老鼠并肩坐下，一起观赏着日落，就像菲尼克斯想象的他和吉赛尔一样。他开始哆嗦起来，他到底做错了什么，会落得这样的下场？被红尾鹰的利爪刺穿肩膀，从天上坠落下来，被烫成煎饼，现在又快要被冻死了！但愿日落快点儿结束，让这两个讨厌的家伙赶紧离开吧！

"那些又长又瘦的云是什么？"第一只老鼠问，听起来她是个女孩。

"那是飞机喷出来的，"另一只回答，他说话很温柔，是个男孩，"这叫航迹云。"

"哇！快看那艘大船！真雄伟，对吗？"

"我想那是艘海轮。"

不管是海轮还是小船，对菲尼克斯来说，它的尾流都像浪潮似的狠狠拍打着他。他试着抓住那根朽木，但浪头把他冲离了船坞。就在他要被拖到廊桥下时，他设法抓住了一个支撑用的木桩。但当菲尼克斯试图爬上去时，他发现这感觉和爬松树完全不同。它没有树皮，光溜溜的。菲尼克斯滑脱了爪子，啪叽一声掉回水里。这时，浪头已经过去，水面重新归于平静。他知道，他唯一的生存希望就是那半淹没的船坞，但是他离它有些远了。他挣扎着朝它游去，感到自己的最后一丝力气正在消退。他吐出嘴里的水，呼喊"救命！"，但是这求救声相当微弱，因为他又喝了一大口水。菲尼克斯意识到，自己的磨难终于就要结束了。

06

羊乳干酪

那两只在码头上看日落的老鼠其实是兄妹俩。因为长期研读期刊，哥哥贝克特的眼睛近视得厉害，但他的听力和妹妹露西的一样好。听到微弱的呼救声，他们俩都转过身来。

要知道，老鼠都是游泳健将，而且是超级游泳健将。他们以能够游过长长的下水道，突然出现在人类的厕所里而著称。当然，贝克特和露西可没做过这么恶心的事情——他们是码头老鼠，不是下水道老鼠。不过在这种大热天，露西也经常从船坞跳到水里泡一泡。

不幸的是，这会儿廊桥下面很昏暗，尽管露西的视力很好，但她也没能在菲尼克斯沉下去之前看到他。不过，怎么说呢，菲尼克斯这一整天的运气都是好坏参半的：被红尾鹰捉住是坏运气，但沃尔特善良地把爪子从他肩膀里拔出来是好运气；从曼哈顿的高空中摔下来是坏运气，但恰巧落到一棵枝叶茂密的树上是好运气；树下新铺的人行道太烫是坏运气，但它同时也很柔软是好运气；被一条路过的小船（或海轮）掀起的浪花带离了船坞是坏运气，但浪头打到石墙上又弹回来，把他带回到船坞是好运气。

露西和贝克特立刻把这具湿透了的身躯拖到船坞高处。贝克特宣布菲尼克斯已经死了，但露西还是给他做了心肺复苏，把他肺里的水都按了出来。她成功了，菲尼克斯咳出了水，又吐出一些不可名状的东西，最后精疲力竭地昏了过去。

"我们把他带回家吧。"露西说。

"你确定他是只老鼠吗？"贝克特用沙哑的声音问道，"他的鼻子不算很尖。"

"他当然是老鼠。他需要人照顾，你看他的肩膀。"

"他需要的是立遗嘱吧！尽管他看起来也没什么能留给别人的。"

"帮我把他抬到板条箱去，贝克特。"

"你疯了吗？莫蒂默会发脾气的。"

露西无法反驳，她很爱他们的爸爸莫蒂默。但妈妈去世后，他染上了酗酒的恶习，脾气变得很糟糕。贝克特的声音嘶哑，就是因为莫蒂默曾掐住他的喉咙——那次莫蒂默喝醉了酒想睡觉，而贝克特把书页翻得沙沙作响。但这会儿，露西没时间考虑爸爸会怎么样了，这个快要淹死的倒霉蛋状况非常不好。她抓着菲尼克斯的腿，把他往斜坡上拖。贝克特叹了口气。虽然比起动手，他更喜欢动脑子，但是对妹妹的感情让他最终抓起了菲尼克斯的后腿，和妹妹一起把菲尼克斯拖上斜坡，穿过廊桥尽头的一条大裂缝。

早先让菲尼克斯犹疑的声音，就是老鼠在板条箱里活动的声音——这里是他们的家。堆在最高处的板条箱最受欢迎，但是这一次，手里的"重担"让露西和贝克特很高兴他们住在底层。他们的住处小得可怜，塞满了贝克特从铁桶旁的书堆里借来的书和杂志，但所幸他们的爸爸不在家。

板条箱的另一头是他们的床：三只后跟磨坏了的乐福鞋。看到露西竟然打算让这个脏家伙在她床上休养，贝克特很吃惊。但他知道妹妹决定的事情，没人能阻止，所以他只得帮忙把那家伙挪到了床上。床刚刚能容得下菲尼克斯，他还在发抖，于是他们用破布裹住了他。露西打开他们的食品柜——一个有凹痕的饼干罐，拿出了一块干酪。她把干酪放到菲尼克斯鼻子底下——他毫无反应。露西并不气馁，继续在他面前挥舞着干酪。终于，他那不起眼的胡须抖动了一下。

当菲尼克斯醒过来时，他以为自己身处"所有坚果都剥好了壳的天堂"。他记得自己溺水了，所以他想他是死了。但一股可怕的恶臭充斥着他的鼻孔。不，这应该是其他什么地方，总之不是天堂。

他睁开眼睛，发现视力恢复了一些，但眼前的景象却让他更受折磨了：他被塞在一个皮质装置里，被关在一个让人产生幽闭恐惧症的盒子里，还和一对老鼠待在一起！其中一只老鼠正把他能想象到的最臭的东西伸到他鼻子底下。他赶紧闭上眼，试着屏住呼吸。

"我不确定他是否喜欢羊乳干酪。"露西迟疑道。

"太好了。"贝克特说，因为这正是他的最爱。

露西又走到食品罐前，把羊乳干酪换成了四分之一片有点儿发霉的瑞士奶酪。当她再次把奶酪伸到病人鼻子底下时，菲尼克斯往鞋子里面缩得更深了。

"我说过他不是老鼠，"贝克特说，"没有老鼠不喜欢瑞士奶酪。"

露西倾向于同意，毕竟瑞士奶酪是她的最爱。但她只是说：

"他的肩膀受伤了。"

"他其他部分也好不到哪儿去。"

"我想我们得带他去见P太太。"

菲尼克斯呜咽了一声，他们提到他的肩膀，这让它抽动了一下——他怀疑自己是不是还活着。

"我还没死吗？"他说着，睁开了一只眼睛。

"差不多了。"贝克特平静地说。

"你现在暖和点儿了吗？"露西问。

菲尼克斯还在发抖，但他确实暖和一些了。尽管他仍然很虚弱，挤出一个字对他来说都很艰难，他还是浅吸了几口气，问道："这该死的地方是哪儿？"

露西摇了一下尾巴。"我知道它有点儿杂乱，"她申辩说，"但这是我们的家。"

"我猜，难不成您住在瑰西园①？"贝克特说。

"什么？"菲尼克斯没听懂。

贝克特重复了一遍，但菲尼克斯仍然完全不知道瑰西园是什么地方。如果他还有力气，他会告诉他们他住在一片美丽森林的

---

① 瑰西园是纽约市市长的官邸。

一棵松树上。但当那只雌老鼠问他是哪种老鼠时，他还是忍不住叫道："我不是老鼠！"

"我早说过吧。"贝克特说。

菲尼克斯又昏了过去。晚些时候，他听到了第三个声音，这个声音刺耳，又有点儿含糊不清："那个身上青一块紫一块，看着像蓝纹奶酪的是个什么玩意儿？"

"是我们把他从河里拖上来的，爸爸。"露西说。

"为什么？"

"他溺水了。"

菲尼克斯再次睁开眼睛。没错，他们的爸爸也是一只老鼠，但是他比他的两个孩子看起来更讨厌。他短短的毛皮污渍斑斑，光秃秃的尾巴只剩下半截儿。

"你们为什么要把他拖到这儿来？"老鼠爸爸说，"这儿还不够挤吗？呸，你闻闻他有多臭！"

"这不是他的错，"露西说，"他的毛皮被烧焦了，还浑身湿透了，所以他看起来才这么糟糕。"

尽管菲尼克斯很难受，但是被一群老鼠说臭，他还是感到屈辱。

"你自己也不是玫瑰花瓣，莫蒂默，"贝克特嘟囔着说，"你又去嗑旧啤酒罐了吧？"

"别顶嘴，"莫蒂默说，"赶快把他从这儿弄走。"

"我没空。"贝克特回答。

"你要干吗？"

"读书。"贝克特懒洋洋地在一本翻开的书上躺下。

"这些都是要进那只铁桶的，孩子。"莫蒂默说。

码头老鼠们为了抵御冬天的寒冷，会收集书本、杂志和报纸放在铁桶里燃烧。

"在霜降之前我会把所有东西还回去的。"贝克特说。

"破译这些人类的垃圾玩意儿有什么用？"

"那做其他事情有什么用？"

"我来告诉你有什么用。"莫蒂默说着，抓起一根筷子，"立刻，马上，让那东西给我消失！"

"我们准备带他到 P 太太那儿去。"露西说。

"那个有收藏癖的老家伙会欢迎他的。"莫蒂默嘟囔道。

"来吧，贝克特，帮我一把。"露西说。

贝克特不情愿地从他的书上爬起来。连鞋一起把菲尼克斯抬走是最方便的，因此贝克特抬起鞋尖，露西抬起鞋跟。但还没走到门口，贝克特就撒手不管了，他说他的肌肉拉伤了。

"你的小男朋友会帮你的，"贝克特说着，一瘸一拐地爬回了他的书上，"这是他擅长的事情。"

露西恼怒地看了她哥哥一眼，说："小奥不是我的男朋友。"

"你的暗恋对象，行了吧？我才不管你怎么叫他。"

露西抽着鼻子从板条箱里出去了，很快她又回来了，身后跟着一只比贝克特健壮得多的年轻雄老鼠。但一看到菲尼克斯，他往后缩了一步，叫道："这是什么？"

"露西的新项目。"贝克特回答，"祝你们合作愉快。"

"求你了，小奥，帮我把他抬到P太太那儿去。"露西说着，又抬起了鞋跟。

小奥的全名是奥古斯都，但由于和他爸爸的名字一模一样，于是爸爸妈妈叫他小奥古斯都，大家简称他小奥。小奥做了个鬼脸，叫露西去抬鞋尖，他自己则抬起了更重的鞋跟部分。

"终于摆脱了。"当他们离开板条箱时，莫蒂默嘟囔着说。

贝克特想跟他们一起去，因为他不愿与爸爸单独相处。但莫蒂默迅速钻进他的那只鞋子打起盹儿来，这下贝克特可以安心地看他的书了。

07

没味道的肉汤

和爸爸乐意看到她离开一样，露西也很高兴她能离开板条箱。小奥住在一个条件很好的、位于顶层的板条箱里，他有一个是大人物的爸爸和一个慈爱的妈妈。除非像现在这种情况，否则露西是不会把小奥请进她寒酸的家里的。

他们要去见P太太，这让她心里好受了一点儿。P·潘多拉太太是一只收藏鼠①，她是全码头最年长、最聪明，也是最胖的一只老鼠。能和她做朋友，这让露西很骄傲。P太太也住在底层，但她是自愿的。在她的丈夫和两个孩子过世后，年龄和体重让P太太不便再爬上爬下了，于是她从顶层公寓搬到了现在的住处。

---

① 英文中"pack-rat"指的是有囤积癖的人，在这里按字面意思翻译为"收藏鼠"。

她的公寓是全码头最大的，共有六个板条箱：四个在底层，拼成一个方形，剩下两个摞在上面。底层的一个板条箱里放着缎子靠垫，是P太太的客厅。在客厅后面的角落里，有一根颜料搅拌棒作为楼梯，通往二楼的两个板条箱。那里住着一只她收养的下水道老鼠，名叫奥斯卡。底层前面的另一个板条箱是她的藏宝室。收藏鼠都是囤积狂，P太太有很多宝物，有的是她精神健旺的时候收集的，有的是从她的一位传奇叔祖父那儿继承来的。藏宝室后面的一个板条箱被她用来存放奶酪——基本都是切达奶酪。在老鼠看来，肥胖是健康和富裕的标志，堆满整个板条箱的奶酪更是闻所未闻的奢侈！但P太太能治百病，因此没有谁会嫉妒她奢华的生活方式——也许只有莫蒂默除外。每当他问P太太要头痛片时，她只是一笑置之，并建议他少去酒吧。

露西和贝克特即便没有生病，也爱去P太太那儿待着，听她讲老鼠的历史。但P太太对小奥不熟悉，所以露西让他陪病人在外面等着，她自己先进去。

一只超级肥胖的大老鼠正躺在一个沾满奶酪屑的大垫子上，爪子里抓着一块切达奶酪。

"你好啊，我亲爱的。"她说着，肥胖的灰脸上露出了笑容。

"您好，P太太。"露西说，"我给您带了病人来，他状况不太好。"

露西说完，急忙跑到门外，和小奥一起把菲尼克斯拖了进来。

"天哪！"P太太感叹道，"他像是从刑讯室里出来的！"

虽然菲尼克斯头还很晕，但他对这只肥胖的大老鼠立马有了好感，一种本能的好感。

"他是老鼠吗？"小奥问道。

P太太俯身到鞋上，仔细地检查着菲尼克斯。她脖子上戴的护身符打到了他的鼻子，切达奶酪屑从她胡须上掉了下来。

"他烧伤很严重，我也不好说。"她说着，又凑近凝视了片刻，"但我猜他是只松鼠。"

"我见过松鼠，"小奥怀疑地说，"他们长得很怪，但绝对不是这个样子。"

"您能救救他吗，P太太？"露西问道。

P太太说希望不大，但她会尽力而为。她摇摇摆摆地走进了客厅后面的板条箱，这是她的医务室和药房，露西和小奥拖着鞋跟在后面。医务室里的光线比客厅里暗一些，靠墙放着一排瓶瓶罐罐。一只煤油炉靠在角落里，另一个角落有一只隔热手套。

露西和小奥把菲尼克斯挪到隔热手套上，把鞋拿出了房间。

P太太把菲尼克斯从头到尾检查了一遍，一边戳他，一边咂着舌头。

"你到底经历了什么啊？"她问道。

菲尼克斯很想讲述他噩梦般的经历，但这当口，他意识模糊不清，最多只能咕哝两句。P太太一碰到他受伤的肩膀，他就晕过去了。

"需要我陪着他吗？"露西把头探进了医务室。

"我想他可能要晕上好半天了，孩子。"P太太说，"没准儿醒不过来了。"看到露西脸上惊骇的表情，她又加了一句，"他是你的朋友吗？"

"呃，不是。"露西说，"但是……您也救不了他吗？"

P太太没有给她保证，只是一直为菲尼克斯忙碌到深夜，可他依然没有醒过来。第二天早上，当露西来探望菲尼克斯的时候，她发现P太太趴在一卷白色绷带上睡着了。

"天哪！"露西说。

菲尼克斯看上去更古怪了。他身上涂着一层闪闪发光的药膏，肩膀上缠着绷带，尾巴上也有绷带。要不是胸部还有轻微的起伏，他看起来真像是死了。

"啊，亲爱的，你来了，太好了。"P太太也醒了，"我的眼睛已经不中用了。我清洗了他的脚掌，你能帮他清除脚上的碎木屑吗？我的镊子好像不见了，你可能得用牙齿。"

这听起来可不太舒服。老鼠和其他生物一样害怕细菌，但露西知道木屑会导致化脓，而且最好在他昏迷的时候帮他清除，因为这一定很痛。所以她答应了。

一共有四块木屑，当她拔到第三块时，菲尼克斯呜咽了一声，一阵剧痛把他从昏迷中拉了回来。他睁开一只眼睛，结果正看到一只老鼠在咬他！

"别动，"正当他一边号叫，一边往回缩后爪时，P太太说，"露西就快成功了。"

菲尼克斯惊恐地从床头看着这一幕：在床尾，有一只"食松鼠兽"在啃噬他！

"她马上就要拔出最后一块木屑了。"P太太又解释说。

菲尼克斯搞明白发生了什么后，冷静下来，让那只昨天才认识的雌鼠露西，重新处理了他的后爪。当P太太摇摇摆摆地走向煤油炉时，菲尼克斯咬紧牙关，努力把注意力集中到一个银色的小东西上——那是一只作为圣诞装饰的小吊钟，就挂在露西脖子上的鞋带上。当她拔出木屑时，他还是叫出了声，好在疼痛马上消退了。尽管感谢一只老鼠的感觉有点儿奇怪，但他还是想感谢她。她先是把他从河里拉出来，现在又帮他拔掉木屑。

"希望你感觉好些了。"她说，"你叫什么名字呀？"

事情就是这么巧，正当菲尼克斯说出自己的名字时，小奥和贝克特走了进来。

"菲尼克斯？"小奥说，"这不是个女孩的名字吗？"

"这是医务室，"P太太回过头来，"不是会客厅。"

"我是来找露西的。"小奥解释说。

"我只是好奇我们捡来的'漂流物'挺过了昨晚没有。"贝克特说。

菲尼克斯正在琢磨"漂流物"是什么意思，P太太来到隔热手套旁，递给他一杯热汤。

"喝了它。"她说。

菲尼克斯从没喝过热的东西，他喝了一口，叫了起来："我的舌头烫伤了！"

"那么，它也和你身上其他地方保持一致了。"贝克特打趣道，但他并没有恶意。

P太太吹了吹肉汤，等它凉下来，让菲尼克斯再试一次。

"这里头有什么？"菲尼克斯问。

"什么都有。"P太太说。

这汤不太好喝，但是菲尼克斯饿极了，所以还是喝光了。

"您有坚果吗？"他喝完之后问道。

"坚果？"小奥说，"你是傻瓜①吗？"他哈哈大笑，觉得自己的玩笑很了不起。

"绝顶聪明。"贝克特咕哝了一句。

又给菲尼克斯喝了一杯肉汤后，P太太强调，菲尼克斯需要卧床休息。三只年轻的老鼠暂时离开了医务室，P太太拿一块手帕把菲尼克斯盖了起来。菲尼克斯又昏昏欲睡了。就在这时，另一只年轻的老鼠溜进了医务室，他的个头比其他老鼠都小，长着油亮的黑皮毛和黄色的眼睛。

"啊，奥斯卡，"P太太说，"你这会儿有空吗？"

"请您吩咐，夫人。"奥斯卡轻轻鞠了一躬。

"我想给他的汤里加一根胡萝卜，你能弄一根回来吗？"

奥斯卡怀疑地眯起眼睛，问："他不是老鼠吧，对吗？"

"哦，不是的。"

"我这就去找胡萝卜。"

当医务室里只剩下P太太和菲尼克斯时，她告诉菲尼克斯，

---

① 英文中的坚果"nut"也有傻瓜的意思。

奥斯卡是她从垃圾箱里捡来的，他是被遗弃在垃圾箱里唯一幸存的下水道老鼠。"我的孩子已经去世了，所以我收养了他。"她说，"奥斯卡是上天的恩赐，他是一个天生的拾荒者，还很贴心，他甚至会帮我打扫屋外的厕所。我现在连出门都很困难。"

"什么是厕所？"菲尼克斯问。

P太太没有回答，她剥开他肩膀上的绷带。伤口上流了很多脓。就在她调配膏药时，肉汤的作用显现了，菲尼克斯又睡着了。

再醒过来时，他发现自己独自躺在医务室里。他不知道自己睡了多久，但他发现肩膀上敷着潮湿而柔软的东西，看上去像是嚼碎了的树叶或草。尽管依然浑身疼痛，但他感觉好一些了。自从被沃尔特抓走以来，他第一次开始思考如何回家。吉赛尔应该把一切都告诉他的爸爸妈妈了吧？那么他们一定以为他死了。唉，可怜的妈妈！

他想起沃尔特提到过的那些桥。所以当P太太摇摇摆摆地走进来时，他问她是否知道一座通往新泽西的桥。

"是的，有一座，从这里往北走。"她说。

她又端给他一杯热汤，这一次，他有力气自己吹热汤了。他向P太太打听现在是什么时候了——板条箱缝隙里漏进来的光线太少了，他没法儿分辨出晨昏。

"夜晚。"她说。

"老鼠们都住在木箱子里吗？"他问。

"不，不是的，"她又坐在了绷带上，"只有码头老鼠才这样。"

"可他们说您是收藏鼠。"

P太太笑得直打战。她说："过去，码头老鼠是看不上我们收藏鼠的。但自从我的叔祖父帮他们拯救了码头之后，一切就不一样了。"

她告诉他，在很久以前，城市的这片区域有许多码头，各个码头曾因人类贸易而繁荣一时，后来大型航运公司陷入困顿，各码头也变得空无一人、废弃破败了，于是老鼠们占领了码头。

"那是我们的黄金时代。"她说，"它的辉煌延续了好几代，这是属于旧码头的荣光！紧接着，可怕的灾难就来了。"

"什么灾难？"

"城市升级。现在大多数码头要么被拆除了，要么被整修过，已经看不出以前的样子了。"

"那你还留在这个旧码头，也算幸运。"菲尼克斯说。

她表扬了他的乐观心态，并说乐观有利于病体康复。接下来几天，菲尼克斯的确感到自己在康复，虽然他还是天天喝无味的肉汤。昏暗的房间让人昏昏欲睡，他睡得比在婴儿时还多——尽管有好几次，他半夜都会被P太太的鼾声吵醒。他还学会了爬上床旁边P太太专门为他放置的那个厕所，再由奥斯卡负责把厕所里的污秽倒进雨水管道里——奥斯卡管那个厕所叫"罐头"，毕竟它以前确实是装炼乳的罐头。P太太每天给他换药，擦闪闪发光的药膏。在黑暗中，他能看到自己腹部原来是白色皮毛的地方，现在一片焦黑，斑斑驳驳，但P太太上完药就会把手帕拉上来，叫他不必为此烦恼。露西也经常光顾，有时和小奥一起，有时带着贝克特，有时独自前来。她总是带来一大块奶酪——搞得菲尼克斯说完谢谢就要马上躲进手帕里。只剩露西在医务室陪护的时候，她喜欢坐在绷带上打听菲尼克斯的过去。事实上，向别人倾诉糟糕的经历不失为一种对心灵的抚慰，菲尼克斯很高兴露西对他在猛禽爪下飞过新泽西沿岸的经历非常感兴趣。

"老鼠们不介意去地下，但我们一点儿也不喜欢高空。"她说，"我一定不敢睁开眼睛。"

菲尼克斯开始暗示松鼠一点儿都不恐高。自然，他有意隐瞒了他在旅途中百分之九十九的时间都是闭着眼睛的事实。她对他的降落也感到惊奇，她说她能想象从压路机下侥幸逃脱的场景。露西和其他码头老鼠不一样，她已经穿过曼哈顿西区公路多次了。每当她爸爸夜不归宿，她都得去找他。所以她亲眼看见那个高档社区正在铺路。此外，她还对菲尼克斯的家乡很感兴趣。谈起森林，菲尼克斯思乡情切，有时需要强忍住眼泪。露西注意到了这些，她答应等他康复后，她会帮他穿过通往新泽西的大桥。等到露西离开，菲尼克斯会把露西带来的奶酪悄悄扔进厕所。

某天晚上，P太太的鼾声又把板条箱的墙壁震得嘎嘎作响，菲尼克斯从床上爬起来，起身站住了——尽管他的脚垫很痛，后腿软弱无力，但他还是摇摇晃晃地走到了客厅门口。他歇了一会儿，慢慢移到P太太跟前。此刻，P太太正仰面睡在她最喜欢的大靠垫上。他用胳膊肘推了推她，她翻了个身，不再打鼾了，然后他又摇摇晃晃地回到隔热手套旁。

第二天醒来时，他听到P太太正和露西在客厅谈话。他想给她们一个惊喜，于是踉跄着走到门口，深吸了几口气，走了出来。

"我的天哪！"P太太喊道。

"菲尼克斯！"露西叫道。

小奥也在。当露西扶着菲尼克斯坐到P太太的一个靠垫上时，小奥立刻皱起了鼻子。P太太递给菲尼克斯一块她正在啃的切达奶酪，他礼貌地拒绝了。

"我很高兴你能下床了。"露西坐到他旁边说。

小奥冷笑了一下，独自走进了P太太的藏宝室。和客厅一样，藏宝室此刻也沐浴在从板条箱缝漏进的晨光里。看着那儿所有的珍宝，小奥的烦躁变成了敬畏。瓶盖、瓶塞、硬币、垫圈、螺丝、活动按钮、橡皮筋、回形针以及冰棍棒被分装在不同的罐子里；还有断了梳齿的梳子、没了鬃毛的刷子，发夹、发带、发圈、发绳和发箍；一个水杯里塞满了铅笔、自来水笔、圆珠笔、蘸水笔和记号笔；另外还有钥匙、蜡烛头、老花镜、旧手机、粉盒、鞋拔子、袖珍计算器、渔线卷轴；有一个厚厚的有黄铜配件的玻璃锁盒，里面装满了珍贵的配饰——耳环、结婚戒指、订婚戒指、尾戒、手表、护身符、胸针。其中，最吸引小奥的是一个散粉盒，打开它就露出一面镜子。慢慢靠近时，他看到了镜子中的自己——尽管他的灰毛很有光泽，但他还是感到失落。今年夏天，他就是一只成年雄鼠了，即便他站得笔直，身高还是远不及他的爸爸。爸爸负责着整个码头的警卫工作，也是整个社区最高、最强壮的老鼠，是他的偶像。

小奥带着一丝小情绪回到客厅时，露西正在安慰菲尼克斯，说他看起来好多了。

"拜托，"小奥嘲笑着说，"他看起来就像被车撞了的尸体。"

菲尼克斯问这是什么意思。

"跟我来，我带你去看。"小奥说。

菲尼克斯跟着小奥来到藏宝室那面小巧的镜子面前。一只极其丑陋的动物正回望着菲尼克斯……那黑色的疥疮，可怕的龅牙！菲尼克斯厌恶地往后躲了躲。可当他转过身，那只丑动物也转过身，露出光秃秃的尾巴……菲尼克斯往身后看去，他的尾巴真的秃了，一根毛也没有。他突然意识到，面前的物件是一个类似于吉赛尔的池塘的东西，能映出他的形象。他浑身一阵热，一阵冷，最后晕倒在了地板上。

o8

生 啤 酒

菲尼克斯再次醒来，发现自己又躺在了医务室的隔热手套上，手帕一直盖到了下巴，露西和P太太正俯身望着他。他以为自己做了一场噩梦。他马上掀开手帕，拉出尾巴——还是光秃秃的！呸！那个恶心的、老鼠模样的东西就是他自己！

"别难过，菲尼克斯，"露西说，"这个季节这里又热又潮湿，没有毛更好。"

他不禁呻吟起来，闪耀光泽的毛皮和浓密的尾巴毛都已经成为过去了。还有牙齿，因为一直喝肉汤，没有啃东西，他的牙齿长得离谱。唉，要是当初没有落到梧桐树上……他真希望自己像希利亚德大道上的浣熊那样被压扁在马路上。

露西劝他站起来，出去走走，但他听不进去。P太太给他端来一杯肉汤，他也没有坐起来喝。

"他只是需要时间。"P太太带露西离开医务室时说。

小奥正在客厅里等着。露西和他一起走出了板条箱，她对他吼道："你也太刻薄了——让菲尼克斯去照镜子！"

事实上，小奥也有点儿为这事内疚，但没人愿意被别人指出错误。他狡辩说，他是在帮助菲尼克斯："你想让他生活在一个虚假的世界里吗？"

"他已经承受得够多了，你这样只能让他更难受！"

"你这么关心他做什么？他连老鼠都不是。"

"他是我们的同类！"

"那他也算同类喽！"小奥指着一只啃废弃奶酪皮的蟑螂抬杠道，不过他很快就软下来道歉了，"今天太热了，露露，"他眯起眼睛，看向迷蒙的、阳光照耀的廊桥窗户，"我们去游泳好吗？"

露西不喜欢别人叫她"露露"，但今天确实酷热难耐，所以她同意了。他们和大多数年轻老鼠一起，在半没入水中的船坞上度过了大半个下午。

当露西回到自己家的板条箱时，贝克特正在研读一本书。"爸爸还没回来吗？"她问。

“珍惜这难得的平静和安宁吧。”贝克特说。

他们的爸爸昨晚一整夜都没回家。贝克特认为他只是睡在了外面，但露西坚持要去找他。曾经有一次，爸爸喝得醉醺醺的，摇晃着回家，在西区公路上被出租车撞了，丢了半截尾巴。

露西从码头推拉门下溜了出来，飞快地穿过慢跑小路，停在西区公路旁等红绿灯。她知道对面街区有一排酒吧，酒吧后面还有一条小巷，爸爸喜欢在那里“榨取”废弃的啤酒罐和酒瓶里的残滴。但这个傍晚，这一带也没有见到他的踪迹。

检查完最后一家酒吧，露西准备回家。经过一条新铺的道路时，她想起了菲尼克斯。于是，回到廊桥后，她立刻去看望他。P太太正在医务室里，但菲尼克斯不在。躺在隔热手套上的不是别人，正是老莫伯利——码头上大腹便便的白胡子市长。他身边的临时病床上还有两只老鼠在昏睡。

“很显然，中暑了。”P太太说。

“噢，天哪。”露西说，“菲尼克斯哪儿去了？”

“那可怜的家伙被我挪到奶酪仓库里去了。”

P太太管她藏宝室后面存放奶酪的板条箱叫奶酪仓库，里头大部分都是整块的切达奶酪，还有一些曼彻格奶酪，那是P太太为特殊场合准备的一种山羊奶酪。露西看到菲尼克斯躺在一块叠好的粗棉布上，就算对于她这个奶酪爱好者来说，奶酪仓库的味道也过于浓烈了。

"你怎么样了？"露西问。

菲尼克斯看着她，好像根本没见过她。

"我给你带点儿吃的或者喝的来，好吗？"她提议说，"我知道你不喜欢奶酪，但我可以给你弄点儿汤。"

还是没反应。

"你得吃东西，不然你会死的。"

"正合我意。"他嗫嚅着，闭上了眼睛。

她在那儿蹲了一会儿，但菲尼克斯没有再睁开眼睛。她看着他睡着了，困意也向她袭来。这真是漫长的一天啊，在烈日底下游泳戏水，寻找爸爸……她回到家，爬进她的小床，立刻睡着了。

在黎明前，她醒了过来。贝克特睡在她左边的鞋子里，但她右边鞋子仍然空空如也。她爬起来，摇醒了哥哥，她担心爸爸在外面中暑晕过去了。

"中暑？"贝克特迷迷糊糊地说，"老鼠不会中暑的。"

"这会儿，P太太正在照料三只中暑的老鼠呢。来吧，贝克特，我们得把他找回来。"

贝克特很少陪她去找爸爸。事实上，早在莫蒂默掐他喉咙之前，他们的父子关系就已经很紧张了。贝克特认为爸爸一直把妈妈（她妈妈身体羸弱，一直没有从生孩子的消耗中恢复过来）的死怪罪在他和露西兄妹俩头上。而莫蒂默一旦喝了酒就变得很难相处。但鉴于他已经失踪了整整两天，贝克特还是一起去了。

走出廊桥，城市的天际线仍然亮着灯，在灰蒙蒙的天空下闪着光。慢跑小路上空无一人，他们轻而易举就穿过了西区公路。他们拜访的第一家酒吧外面躺着一个喝多了的男人，浑身散发着酸臭味。除此之外，人行道上几乎没有人。在第二家酒吧后面的巷子里，有一只下水道老鼠在垃圾堆里翻东西。露西问他是否见过一只半条尾巴的码头老鼠，他只是瞪了她一眼，就跳进了下水道孔盖里。没办法，下水道老鼠就是这么乖戾的动物。

太阳已经出来了，他们进展很慢，因为每走过一个街区，贝克特都要停下来辨认建筑物、广告牌和雨棚上的文字。大多数建筑有很多窗户，新建的豪华高层建筑更是有整面大窗户。因此，当他们经过一栋完全没有窗户的大楼时，贝克特自然也要研究一下。当他抬头盯着飞檐下一根杆子上挂着的旗子时，露西看到奥斯卡背着袋子从街对面的一家熟食店爬了出来。她很欣赏奥斯卡对P太太的忠诚，但奥斯卡总是对她充满怀疑，所以她没有开口叫他。他紧紧挨着建筑物的边缘，蹑手蹑脚地走过了那条街区。在拐角处，他从报摊上抓走了一块糖果，塞进他的袋子里，头也不回地走了。

贝克特也准备向前走了。但只向西走了几个街区，他就不得不再次停下来研究一些印在绿色胶合板栅栏上的文字。

"禁止张贴。"他读了出来。

"这个呢？"露西指着另一处文字。

"禁止擅入。"

但他们马上违反了规定，因为一只野猫冲过街道，把他们从栅栏底下追进了一个建筑工地里。露西发现尘土中有一根管子，横在煤渣砖和水泥搅拌机之间，有近两米长。她马上大喊"跟上！"并钻了进去，可惜这根管子的直径还不到十厘米，她卡在中间无法转身，也没法儿回头确认贝克特跟上了没有。

"贝克特！"她尖叫道。

她那不怎么敏捷的哥哥冲过来，一头撞到了水管口上。刹那间，他眼冒金星。不过野猫马上赶走了星星，它的一只爪子触到了他的背！在被猫爪抓住之前，他刚好来得及跑到管子的另一头，缩了进去。

他和他妹妹在黑暗的管道里面面相觑。

"它能钻进来吗？"露西颤抖着问。

"我们很快就会知道了。"

那只猫很想钻进来，但它的头盖骨比两端的管口都刚好宽了一点点。它只能在外面徘徊，发出嘶嘶的声音。随着太阳越升越高，管子也越来越烫了。

"我要死了。"贝克特嚷嚷道。

"它不可能一直守着我们的。"露西说。

"但它可以等着我们像那只松鼠一样被烧焦。"

"我们能打得过它吗？"

"打得过它？你知道猫会对老鼠做什么吗？"

"呃……不太清楚。"

"它们会把你搞成残废，但不会马上弄死你——它们以折磨我们为乐。"

露西承认这听起来很可怕。但到了正午，管子已经烫得难以忍受了，他们不得不扭动身子，以背贴地，好让爪子暂离滚烫的钢管。每当他们以为野猫已经放弃了的时候，外面就会传来威胁的嘶嘶声。但幸好那是个周六——这也是施工队不在工地的原因，休息日保安四点左右就来检查工地了。他带来一只德国牧羊犬，狗发出低沉的吼声，野猫马上跑开了。

谢天谢地！搅拌水泥需要用水——当露西和贝克特终于从滚烫的管子倒退出来后，他们发现搅拌机旁有一个水槽。

"哦，快乐老家。"贝克特扑通一声跳进了水槽，补充水分。

尽管差点儿遭遇不幸，露西还是拖着哥哥去了最后一个地方——往南几个街区的一个街角酒吧。酒吧窗上的霓虹灯使贝克特精神焕发，他曾听见爸爸在梦呓中呼唤过这个名字——克兰西。

兄妹俩跟着一个大腹便便的人溜进酒吧，躲在伞架后面。酒吧这会儿生意正红火，人们靠在长长的柜台上，还有人坐在长凳上或隔间里。一些小东西，个头比老鼠还小，在吧台上方悬挂的亮灯的盒子里舞着棍子跑来跑去。人类的嘈杂声喧闹不止，不过这个地方却出奇地凉爽——特别是在他们领教过那滚烫的管子之后。

露西和贝克特没有看见莫蒂默。他们沿着踢脚线向前，一直爬到酒吧另一头的一个笼子前，里头有一只彩色羽毛的鸟儿。露西正准备问他是否看见过一只半截尾巴的老鼠，那鸟儿却向下瞥了一眼，开口道："我就知道，他一定在满世界宣传那东西。"

"你说什么？"露西问。

"空调。"鸟儿说。

贝克特一向对词汇很着迷，他马上问"空调"是什么东西，露西又帮他把问题大声重复了一遍，好让鸟儿听见。

"空气调节器，"鸟儿说，"莫蒂默最爱的东西。"

"莫蒂默在哪儿？"露西问。

"在吧台后面闲逛。"鸟儿抬眼看了一下亮灯的盒子，尖叫道，"三振，你出局了！"

进吧台并不难，柜台上就有一个开合门，供调酒师进进出出。可这当口，有两名酒保正在值班，一名穿着机车靴子，一名穿着凉鞋。露西和贝克特进去的时候，靴子和凉鞋正在和着音乐跺地板。对刚刚经历了水管劫难的贝克特来说，这太可怕了。但露西拖着他，沿着吧台后面潮湿橡胶垫上方的低矮的货架游走。在嘈杂声中，他们听到了一个熟悉的声音唱着荒腔走板的歌：

> 贝拉是一只多么苗条的老鼠，
> 贝拉是一只如此温柔的老鼠，
> 可我失去了她，难以置信，
> 我失去了世界上最好的归宿。

货架另一端，在一堆无人问津的尘封的白兰地和雪莉酒中间，莫蒂默用鸡尾酒餐巾纸给自己搭了个窝。看到两个孩子，他停止了哼唱，皱起眉头。

"你们在这儿干什么？"

"你在这儿干什么，爸爸？"露西回答，"我们都担心死你了。"

"别带上我。"贝克特咕哝道。

"我就住在这儿了，"莫蒂默说，"总不能和他那堆发霉的书住在一起吧。"他甩头指了一下贝克特，"再说板条箱里也没有空调。"

露西还在试图理解他的话，莫蒂默抓起一个纸杯，从货架上跳下来，准确地从穿靴子的酒保两脚之间穿了过去。上方，酒保正在往四个杯子里倒生啤酒。酒保用一只手抓着四个杯子的把手，倒满后没能及时关上酒桶的龙头，继续流淌的啤酒就要滴落到橡胶垫上。然而，莫蒂默已经举着纸杯守在那里，接住了那些洒出来的酒。纸杯装满后，他小心翼翼地把它端回到他的藏身之处。

"哦，爸爸，"露西说，"我希望你不要光喝酒，这很不健康。"

莫蒂默拉开一张鸡尾酒餐巾纸，露出一堆奇多饼干。

"这些小玩意儿是他们为顾客准备的，"他说，"尝尝看。"

露西尝了一块，好吃极了。连贝克特都吃了好几块。

"你还要在这儿待多久，莫蒂默？"贝克特问他。

莫蒂默啜饮着啤酒，舔了舔胡须上的泡沫。"至少直到暑热退去吧，"他说，"谁知道呢，也许我会永远住在这儿，我不喜欢廊桥。"

"为什么？"贝克特问。

"那天早上我很早就回来了，我看到几个人类在码头上鬼鬼祟祟的，这可不是一个好兆头。"

你不会想我们吗？露西想这么问，但是她换了个不那么伤感的说法："你不会感到孤独吗，爸爸？"

"孤独？你的脑袋里装的都是啥？没看到这地方挤满了人吗？等一会儿人还会更多。"

"我是说……你没有可以说话的伴儿。"

"不必担心，那只鹦鹉可是一等一的话痨。"

露西很受伤。莫蒂默虽然脾气乖戾，不可理喻，可他毕竟是他们的爸爸。但贝克特不这么想，他很高兴爸爸打算搬出板条箱住。

"我们走吧，露西。"他咕哝道。

"再会。"莫蒂默马上说，他更喜欢独自啜饮。

露西想问问他，刚才唱的那首歌是不是关于他们的妈妈阿拉贝拉的——自己脖子上的小铃铛就是她留下的。但还没等露西开口，酒吧里的人就开始为亮灯小盒里的小家伙们发出震耳欲聋的欢呼声。贝克特捂住耳朵，转过身去。露西绝望地看了爸爸一眼，也跟了上去。

在货架尽头，她停下来，扯了扯贝克特的尾巴。"那是什么？"她指着一排罐子问。

贝克特眯起了眼睛。"混合坚果，咸味。"他读道。

"'混合坚果，咸味'就是坚果吗？"

"按理说是。"

"这是菲尼克斯想要的东西，我们给他带一罐回去。"

"可它太沉了。我们没法儿把它带回廊桥。"

"我们可以把它滚回去。"露西说。

他们放倒了一个罐子，滚动它就变得轻而易举了。但要不动声色地把它从吧台滚到门口仍不容易——如果人类稍微敏感一点儿，就会发现滚动的罐子。很可惜，人类在这方面比老鼠差远了，尤其是在沉迷于啤酒和棒球赛的时候。露西和贝克特轻轻松松就把它滚到了雨伞架前。趁着一群吵吵嚷嚷的年轻人背着高尔夫球袋从球场冲进酒吧的当口，露西和贝克特推着罐子一道冲出了大门。

外面已是黄昏了，但走出凉爽的酒吧，街上还是热得像一个鼓风炉。幸运的是，他们距离西区公路只剩一个街区了。他们小心地躲在一个消防栓后面，以躲避一个推着婴儿车的保姆。没人在街角等着过马路，因此当红灯亮起，呼啸的汽车停下来时，露西和贝克特赶紧把罐子推到了人行道上。可惜他们刚穿过三条北行的车道，绿灯就亮了。当汽车又在两旁呼啸而过时，他们不得不暂时缩在公路中间的分隔带上。红灯再次亮起，他们开始穿过南行的车道，却没注意到一辆越野车和一辆黄色出租车正从侧街左转进入这条车道。看到越野车向他们冲来，贝克特尖叫着，疯了一样向远处的马路牙子冲去。露西却全副精神都放在滚动罐子上，当越野车巨大的左前轮与她仅仅一尾之隔擦过时，她吓得浑身冰凉，目瞪口呆——而她哥哥正在路边惊恐地看着另一辆出租车直冲着她驶来。

09

绿色小丸

如果只有露西自己，出租车司机是不会急转弯的。事实上，他会直接撞上去。世界上少一只老鼠总不是坏事。但司机没有看到露西，他只看到了罐子底部反射的金属光泽。就在周三，他的车胎被扎破了，他花了大半个钟头才把车顶起来，换了一个备用胎。这件事情耽误他赚钱了，所以他猛打了一下方向盘，避开了那个金属罐子。

出租车底盘从露西头上呼啸而过时，她再次吓得呆住了。贝克特马上冲上公路，想把她拽过来。但即便这时，她也不愿抛下那罐坚果。没办法，贝克特不可能再次丢下她，他只好跑到她身边，和她一起推。他们刚把罐子滚到路边，绿灯就亮了。

他们在慢跑小路边喘着气，看着汗流浃背的人类笨拙地前行，进行他们那令人费解的谋生活动。这时，人群出现了一个空隙，他们赶紧滚动罐子钻了过去。为了把罐子弄进廊桥，他们选择从门底部翘起的地方进去。

贝克特认为带回这罐坚果的功劳应该属于露西，因此他帮她把罐子滚到P太太门口后，便谎称自己累极了，独自回了板条箱。露西把罐子推到P太太的客厅里，但是P太太不在客厅。露西又把它推过藏宝室，推进了奶酪仓库。菲尼克斯依然躺在粗棉布上，他看上去很瘦，很憔悴。

"这是坚果。"露西说着，扶正了罐子。

他呆滞地看着她。

"混合坚果，"她接着说，"里面一定有你喜欢的。"

菲尼克斯当然注意到了露西推着一个罐子进入这间臭气熏天的屋子，但是此时的他心灰意冷，什么也不想说。露西打量了他一眼，泄气了。她走出来，来到了P太太所在的医务室，这里现在有四个病人了。

"很抱歉打扰您，P太太，我想知道您给菲尼克斯喝过肉汤了吗？"

"哦，孩子，"P太太指了指她的病人们，"我正忙得不可开交呢。"

"这次暑热真可怕。"露西看着那四只昏迷的老鼠说。

"我不确定他们是不是中暑了，也许是某种更阴险的东西。"

煤油炉上有一些温热的汤，露西给菲尼克斯倒了一碗，但他似乎并不想喝，于是她把汤留在地板上，回家去了。贝克特正躺在床上读一本小册子。

"什么是'阴险'？"她问他。

"不好的东西。你问这个做什么？"

"P太太说她的病人遭遇的问题比中暑更'阴险'。"

"唔……"他若有所思，"菲尼克斯喜欢那些坚果吗？"

"他连看都没看。"露西叹了口气。

然后，她的叹息变成了哈欠。她爬上床，一直睡到第二天晚些时候小奥来拜访他们。这又是炎热的一天，小奥是来叫她游泳的。她咬了一口石头一样坚硬的帕尔玛干酪，就和他一起去了。

贝克特溜达到了P太太家里，他对客厅很熟悉，但这还是他第一次壮着胆子走进她的藏宝室。立刻，他就被这些收藏品，还有奶酪仓库里的那些奶酪吸引了！他看到菲尼克斯仍旧躺在粗棉布里，旁边是那罐还没开封的坚果。他大步走过去，用后脚轻轻踢了他一下。

"你知道露西费了多大劲才把这东西给你带回来吗？"贝克特指着罐子说。

菲尼克斯只是眨了眨眼睛。

"她在西区公路上差点儿为此丧命！你至少可以吃几口吧！"

贝克特打开罐子的塑料盖，拉开锡箔纸。嗯……坚果的味道比他想象中还香，他往自己嘴里塞了一个，然后把罐子推到了菲尼克斯身边。

贝克特走回藏宝室时，发现了满满一杯子的笔。他一直渴望写字，于是他在医务室里找到了正在拧药瓶盖子的P太太，恳请借用其中的一支笔。

"当然可以，孩子，"她疲倦地笑了笑，"你随便挑。"

她看上去很疲惫，但是她的病人们看起来更不好。

"露西说他们可能遭遇了阴险的事情？"贝克特说。

P太太放下药瓶，拿起一个套管。"我在莫伯利的胡须里发现了这个。"她说着，把套管往贝克特这边倾斜了一点儿。

借着煤油炉的光，贝克特辨认出里头有一个小小的绿色药丸，凑近闻了闻。"闻起来……很不错。"他说。

"这就是它的阴险之处，这是毒药。"P太太拔出管塞，"我给他们吃了解药，但是毒药在他们身体里作用太久了，我派奥斯卡去寻找毒药的来源。"

这是一个灾难性的消息，但还不足以让贝克特忘记他的笔。他挑选了一支侧面写着"爱克姆美容店"的圆珠笔。回到家后，他开始在一本杂志空白处抄抄写写。很快，他就觉得自己仿佛写了一辈子作品了，他迫不及待地想让露西看看他的大作。

露西和小奥以及一群小伙伴正泡在半淹没的船坞上。在河里跳来跳去并没有让她摆脱烦恼：爸爸的出走，菲尼克斯的绝食，P太太拥挤的医务室……但是她总归好受了一点儿。这天下午最精彩的节目是小奥表演的木桩惊险跳水，那天晚上，年轻的老鼠们回到斜坡上，都在谈论这件事。

一走进廊桥，他们就把跳水的事情抛诸脑后了。码头上一片喧哗，小奥的爸爸正站在铁桶旁的一本电话簿上发表演讲。老奥古斯都鼓着壮硕的胸肌，还在红色警卫服的腰带上别着一把长剑，十分引人注目。露西和小奥立即加入了他身边的鼠群。

"这实在无法忍受，"他言辞激烈地说，"这侵犯了我们作为老鼠的权利！我们必须做点儿什么！我们断不允许……"

"他在说什么？"露西小声问。

小奥也不敢打断他爸爸的讲话直接提问，但是站在附近的一个阿姨告诉他们，所谓的中暑其实是中毒。露西马上喘着粗气，四处寻找贝克特。老鼠们遇到麻烦的时候，整个社区通常会寄希望于市长领导，但是这次，他们都知道老莫伯利正躺在P太太的医务室里——P太太的板条箱外面此刻也围着一大群老鼠。贝克特并不在其中，露西很担心他也中毒了，马上跑回他们的板条箱察看。

让她欣慰的是，贝克特正待在家里。他不知从哪儿搞来一支笔，正在一本杂志背面写写画画，对外面的吵嚷声充耳不闻。

"你听说了吗，贝克特？"露西说，"老鼠们被投毒了！"

"嗯，最好离那些绿色小丸远点儿。"贝克特心不在焉地抬起头来，咧嘴一笑，用笔尖敲了敲他的字，"你知道我写的是什么吗？"

"什么？"露西并不懂。

"'买一送一'，我从这里面抄的。"

"贝克特，我们正处在危险之中！"

她强迫他放下笔，把他拖出了板条箱。P太太门口的鼠群大声喧闹着，她不得不亲自出现在门口。为了挪出门，她侧着身子，收着腹。大家不禁对她富态的身材发出了赞叹，但P太太自己却一反常态地严肃。

"我已经尽力了，"她说，"结果不尽如人意。我们已经失去了三只老鼠。我们的市长也命悬一线。"

鼠群中发出沮丧的叹气声。

"毒药在哪里？"一个声音问。

P太太回过头，喊道："奥斯卡？"

没有回应。她又喊了一声，奥斯卡拖着一个鼓鼓囊囊的袋子走了出来。他卑微地鞠了一躬，把袋子放在P太太脚边。可怜的奥斯卡并不喜欢这群暴徒，他生来就是一只下水道老鼠。下水道老鼠比码头老鼠个头小，终日不见阳光。奥斯卡知道这群码头老鼠认为他低他们一等。而且，他也不喜欢听命于P太太，虽然他没抱怨过。作为一只年轻老鼠，他知道自己欠她的情，毕竟是她收养了他，还给他提供了奢华的住所——两个完全属于他自己的板条箱——尽管他认为她只是想要个苦工。但看在自己可能继承她财富的份儿上，他对她唯命是从。他觊觎她上锁的箱子里的贵重物品，但是让他烦恼的是，P太太作为码头上最老态龙钟的老鼠，她的健康状况居然相当不错。此外，她对露西和贝克特日益增长的喜爱，也让奥斯卡担心不已。她会把财富留给这两兄妹吗？眼下，这件差事让他有了主意。

P太太谢过他，打开了那个袋子，好让大家看清楚里面的东西。

"奥斯卡在码头前面发现了这些，"她说，"如果还有遗漏的被你们发现了，千万别被它的气味迷惑，这是致命毒药。"

"就是那些绿色小丸吗？"露西轻声说。

贝克特点点头，这时他们旁边有一个声音喊道："是谁把它丢到码头前面的？"

P太太还没来得及回答，鼠群中就传出一阵嗡嗡声，老鼠们看到老莫伯利摇摇晃晃地走出了板条箱。这只大腹便便的、白胡须的老鼠虽然病得很重，却仍旧保持着权威的神态。他的一个侄女冲上前扶住他，奥古斯都也带着他的听众加入了进来。终于，老莫伯利开口说话了，他平时洪亮的声音现在却和贝克特一样嘶哑。

"你不该离开病床。"P太太严肃地说。

"我的喇叭。"老莫伯利嘶嘶地说。

P太太皱着眉头，让奥斯卡去取。奥斯卡爬到老莫伯利位于顶层的板条箱里，把他的喇叭取回来——那是一个底部被咬掉的冰激凌纸杯。老莫伯利谢过他，把纸杯举到鼻子前，让大家安静下来。

"我想问大家，"他说，"在场的各位是否在码头附近看到过一个人？"

露西和贝克特交换了一个眼色。爸爸的夜生活的确让人尴尬，但在这种情况下，露西觉得有必要说出来。

"唔，我们的爸爸说，他最近看到有人在码头附近鬼鬼祟祟，"她说，"在某天早上很早的时候。"

"莫蒂默现在在哪里？"老莫伯利说，"我要知道更详细的情况。"

"唔，他现在不在这儿，先生。"露西说。

"还有其他伙伴看到过人类吗？"老莫伯利说着，扫视着鼠群。

"奥斯卡告诉我，他在码头上搜集毒药的时候，看到过一个人。"P太太说。

所有的目光都转向了奥斯卡。对奥斯卡来说，当着所有码头老鼠讲话实在是太难了，但他还是对着P太太嘟哝了几句。

"他说那个人在门上贴了一张告示。"P太太转达说。

"也许那只是一张广告，"老奥古斯都说，"他们到处张贴广告。"

"你去看看。"露西悄悄对她哥哥说。

当贝克特穿过鼠群时，老莫伯利正在对大家强调"从今以后必须加倍警惕"。但即使用上了喇叭，他的声音还是很微弱。正当他提议"对人类入侵者进行24小时监控"时，他突然昏倒在地。老鼠们都惊呆了——除了奥古斯都，他竟然感到内心有一丝激动。当然，他很感谢市长任命他为码头警卫，但他还是认为老莫伯利早该退休了，该为选举"特别市长"让路了。而他，奥古斯都，在选举中明显占有优势。他也许缺乏老莫伯利的口才，但是他更年轻，更健康，看起来更有领袖风范。奥古斯都并不想伤害任何人，但如果这个老家伙太顽固，不愿让位——那他确实该生病了。

在P太太的指挥下，奥斯卡协助老莫伯利的侄女，将老莫伯利挪回了医务室。P太太也进去了。等她再出来时，贝克特也回来了。他挤过鼠群来到露西身边，告诉了她自己看见的东西。露西立刻喊了出来："贝克特破译了那张告示！"

"你在开玩笑吧？"小奥说。

其他年轻老鼠也开始嘲笑他，但P太太做了个手势，让贝克特到她身边去。

"安静下来！"贝克特走过去后，P太太喊道。

鼠群安静了一些。但当贝克特讲话时，他的声音又被淹没了。P太太再次叫大家安静下来。

"布告最上面是一些泡泡。"贝克特尽可能大声地说。

"泡泡。"小奥转着眼睛笑道。

贝克特等笑声彻底平息下来以后，才对着P太太的耳朵说了几句话。

"是一张图片，里面画的东西看起来像泡泡，"P太太说，"文字上说它们实际上是一种叫作网球场的东西……贝克特认为，那些泡泡是为了挡住坏天气。"

这引起了更多窃笑，尽管这里没有一只老鼠知道网球场是什么东西。贝克特又对着P太太的耳朵说了几句。

"贝克特认为，网球场就是人类想把我们的码头改造成的东西。"P太太对鼠群说，"在告示的底部写着：'小心，老鼠药，请远离。廊桥拆除将于8月28日开始。'"

老鼠们停止了窃笑。事实上，有几只老鼠呻吟起来。P太太马上安慰了他们，她说人类早就尝试过消灭他们。

"无需绝望，"她喊道，"我们现在还活着。如果有必要，我们还可以躲到地底下去。"

可她的话没有起到任何安慰作用。码头对于码头老鼠来说意味着一切，如果搬到下水道和地下室去，他们就不再是码头老鼠了。但他们还没来得及消化珍爱的家园将被拆毁的消息，老莫伯利的侄女就哭着冲了出来——她的叔叔，他们敬爱的市长，去世了。除了奥古斯都内心再次激动了一番之外，其他老鼠都感到难以承受的双重打击。一部分老鼠在震惊的沉默中面面相觑，而大多数老鼠则发出了恸哭和哀号，把廊桥都震得颤抖起来。

10

混合坚果与曼彻格奶酪

哭声甚至吵醒了仓库里的菲尼克斯。他正梦见自己坐在松树顶端，依偎在爸爸妈妈中间，欣赏波光粼粼的海面、沼泽和随风涌动的玉米田。然后他醒了，发现自己孤身躺在阴暗的、散发着恶臭的奶酪仓库里。唉，真让人沮丧。但这还不是最糟糕的：在梦里，他还是从前的菲尼克斯，有着闪亮的毛皮和浓密的尾巴毛；而现在，他浑身疥疮，是一个光秃秃的怪物。

随着外面的吵嚷声渐渐平息，他又睡着了。这一次，他梦见自己在参加泰伦的葬礼，松鼠们都偷偷向他投来钦慕的目光。但是他又醒了，这次是他的胃在咆哮，他饿极了。坚果的香气是奶酪的恶臭也掩盖不了的。他不愿屈服——一旦吃了东西，他就会恢复体力，延长这噩梦般的生活。

黎明时分，一个奇怪的声音再次吵醒了菲尼克斯。他抬起头，顺着声音传来的方向看去，只见仓库另一头有一只小个子老鼠——哦，是奥斯卡。他正用铅笔尖在切达奶酪轮上戳洞，并把一些小东西投进洞里，然后用铅笔有橡皮头的那端把它们塞进去。他的举动很奇怪，但并不妨碍菲尼克斯又睡过去了。

菲尼克斯再次醒来时，奥斯卡已经走了。坚果的香气更诱人了，罐子上画着里头的东西：坚果，去了壳的坚果。就像泰伦的妈妈说的天堂一样！他都能想象出那味道。他还想起了贝克特的话：露西为这东西差点儿丧命！即使心如死灰，菲尼克斯也觉察到一丝感动，他要把奥斯卡的可疑举动告诉露西吗？她对他这么好，他欠她太多了，但如果要这么做，他首先需要一点儿力气，一两颗坚果应该就够支撑他跟她说话了。

他挣扎着站起来，朝罐子里看了看，幸福得差点儿晕过去：里面全是去了壳的坚果！他拿出一颗，这是他第一次尝试美洲山核桃，那美味险些让他再度晕厥。然后他又吃了一颗榛子，嗯，没刚才那颗好吃，但也还不错。他又吃了一颗，又吃了一颗……又吃了一颗。

最后，他不得不强迫自己停下来。他打了个嗝儿，跌跌撞撞地走进藏宝室，傻乎乎地朝那面折叠镜子看了一眼。在震惊过去之后，他深吸了一口气，走回仓库，开始啃那个金属罐子。是的，他的毛已经掉光了，现在做什么都无济于事，但是他至少可以拯救一下他那滑稽的牙齿。

菲尼克斯花了很长时间，总算把牙磨平了。然后，他再次经过藏宝室。这一次，他小心地避开了镜子。来到客厅，他看到P太太正躺在垫子上享用早餐——一块巨大的切达奶酪。他向她问好时，她呻吟了一声。他小跑到前门，向外看去，清晨的阳光正斜照在脏污的廊桥窗户上。他待在昏暗的仓库里太久了，不得不眯起眼睛来适应光线。外面的老鼠并不多，只有一群老鼠围着铁桶附近的四具尸体。

他从P太太的板条箱里走出来，差点儿摔了一跤。没有了漂亮的、毛茸茸的尾巴在身后摆动，他完全失去了平衡。他摇晃着走了几步，看样子，他得从头开始学走路了。

他已经不太记得，自己是怎么被露西和贝克特用一只鞋子从他们的板条箱里抬到这里来的，不过他确定那个板条箱位于底层。他还记得那个板条箱里很乱，所以当他路过一个里面看起来干净整洁的板条箱时，他知道那不是他们家。他继续摇摇摆摆地往下一个走去。应该是这个——堆满了书和期刊。他爬进去，发现露西和贝克特正在鞋子里睡觉。他很高兴他们的爸爸不在家。

也许是睡着了的缘故，这两只老鼠看起来不像他第一次在码头斜坡见到他们时那么让人不适了。没准儿也是因为他们对他很好吧。不管怎样，他捅了捅露西，露西眨巴着眼睛坐了起来。

"菲尼克斯！"她惊叫道。

贝克特发出一声困倦的呻吟。菲尼克斯马上说抱歉吵醒了他们。

"我来是因为P太太好像病了。另外，我之前看到了一件奇怪的事。"

听到奥斯卡和奶酪的事情，露西和贝克特立刻跳下床，拽着菲尼克斯回到P太太家。P太太看起来还是菲尼克斯离开时的样子，露西摇了摇她，她的肚子在晃动，她却没有醒过来。贝克特拿过她爪子上的奶酪，掰成两半，嵌在里面的一个绿色小丸露了出来。

"快拿解药！"露西上气不接下气地说。

贝克特怀疑已经来不及了，但他还是走进医务室，拿来他之前见过的一个小瓶子和一杯水。露西摇晃着P太太，直到她半睁开眼睛。他们试图让她服下一小颗胶囊，但她喃喃着不要浪费。他们想把药塞进她嘴里，她却把头挪开了。

露西急忙跑进仓库，拿出一片曼彻格奶酪——这是P太太最喜欢的。她把胶囊塞进奶酪里，把它凑到P太太鼻子底下。P太太的胡须抖了抖，嘴也张开了，露西马上把奶酪塞进她嘴里，她嚼着咽了下去。

露西、贝克特和菲尼克斯一直守在P太太身边，焦急地等着看解药是否有效果。随着时间流逝，贝克特越来越悲观，但露西始终怀抱着希望。至于菲尼克斯，他原本不觉得自己会关心这只大胖老鼠的安危，然而现在，他却发现自己希望她能够康复。终于，当客厅里的光线昏暗下来时，P太太醒过来了。

"你们都在这儿干什么？"她从垫子上坐起来问。

"您被下毒了。"露西指着证据告诉她。接着，她讲述了菲尼克斯在仓库里看到的事情，但P太太似乎并不怎么吃惊。

"我记得我早餐吃的是切达奶酪，"她舔舔嘴唇，"怎么尝起来像是曼彻格奶酪？"

"是露西把解药藏在曼彻格奶酪里喂给您的。"贝克特说。

"啊，聪明的姑娘。"

"这全是菲尼克斯的功劳。"露西说。

P太太把菲尼克斯拉到身边，给了他一个拥抱。这让菲尼克斯又惊又喜。他很高兴看到P太太醒过来，但谁会想要一只老鼠的拥抱呢？可话说回来，又有谁愿意拥抱现在丑兮兮的他呢？

"你看，贝克特，她醒过来了，"露西说，"你总是这么悲观。"

"如果我没记错的话，P太太是在奥斯卡无家可归时收留了他，"贝克特说，"可他是怎么报答她的呢？如果这都不让人悲观，还有什么才能让人悲观呢？"

正当露西绞尽脑汁想回答这句话时，奥斯卡却从门口冲了进来。事实上，他一直躲在廊桥后面角落里的一堆航运货盘下面，等着奶酪里的毒药起效。后来他睡着了，做了个噩梦，梦见自己掉进一个装满绿色小丸的大桶里，怎么也爬不出来。就在他快要窒息的当口，他清醒过来，满心愧疚地跑回来，想给P太太拿解药。但当他看到P太太好端端地坐在那里时，他僵住了，目瞪口呆。

"你一定很失望吧，奥斯卡。"P太太叹了口气，从坐垫上站了起来，"我总也不死，是吗？"

她摇摇摆摆地走向他，奥斯卡向后缩着，举起一只爪子想保护自己，但P太太只是打开了自己的护身符，取出一把小钥匙递给他。

"打开那个上锁的箱子，"她说，"你喜欢什么就拿什么。是的，这是你应得的。"

奥斯卡的小黄眼睛瞪大了。他一直想得到这把钥匙，现在真的得到了，它却像一块炙热的铁块那般，仿佛在他的爪子上面烧了一个洞。他扔掉钥匙，夺门而逃，差点儿撞上来拜访 P 太太的三位老鼠长老。

"天哪，"最年长的老鼠长老看到奥斯卡跑过去，"他这么着急要去干什么？"

"去找更多毒药吧？"一只毛发花白的雌鼠说，她是最年轻的老鼠长老。

"可他没带麻袋。"剩下那一位老鼠长老说，他爪子里拿着一个火柴盒。

老鼠长老有点儿像法官，他们的主要职责是解决有关板条箱的争端，但今天他们是来请 P 太太出任临时市长的。这可不是件容易的差事。三位老鼠长老在码头上的老鼠们看来，是德高望重、足智多谋的；但在 P 太太面前，他们不过是自以为是的年轻人。他们呈给她的火柴盒象征着权力和威望——市长的传统权力之一就是在冬天来临时点燃铁桶里的火——但 P 太太对权力和威望根本不感兴趣。她也不缺火柴，她自己就囤了充足的火柴，用来点燃煤油炉和给针头消毒。

"您只要担任几天，后面我们会举行一次特别选举。"最年长的老鼠长老说。

P太太建议他们去找码头警卫，但他们解释说奥古斯都正忙于竞选，并且他没有她这样长久的生存经验，而经验对于当前的危急局势至关重要。

最后，她不情愿地让步了，答应只接任一小段时间。然而，在着手处理码头拆除的事情之前，她首先得处理那四具尸体。通常情况下，老鼠们如果在冬天过世，他们会被扔进金属桶里焚化，也就是火葬。夏天过世的老鼠则会被水葬，至少尸体会被扔进河里，河水一般都是通向大海的。适合举办水葬的地点就是半淹的船坞。但由于年轻的老鼠们喜欢在那儿游泳，所以尸体会从前门运出去，然后从廊桥的南边扔下去。为了避免被白天慢跑的人或骑自行车的人发现，这种葬礼通常在天黑后举行。

当P太太从她的板条箱里挤出来时，她身后跟着三只年老的老鼠、两只年轻的老鼠，还有一只没了毛的松鼠。夜晚已经降临。除了奥斯卡（他不见了），还有莫蒂默（他已经在克兰西酒吧幸福地定居了），整个鼠群都参加了在码头举办的葬礼。月亮还没升起，但这座城市闪烁的天际线给了他们足够的光线来分辨尸体。其中之一是奥古斯都的堂兄，当他的尸体被抛入水中时，奥古斯都伸直了身子，宣布道："我的老鼠同胞们，他现在，去了一个远比这里快乐的地方。"

"他现在是鱼的食物了。"贝克特对他妹妹说。

另一个中毒者是个爱管闲事的家伙，她曾因贝克特从燃料堆中借阅报刊而责骂他。她被扔下水的时候，贝克特咕哝着说："终于摆脱这个'报纸警察'了。"但轮到老莫伯利的时候，就连贝克特也变得毕恭毕敬起来。老莫伯利是这四个死者中最重的一个，他被扔下去时发出了最大的响声。就在河水把他吞没的时候，他那伤心欲绝的遗孀冲到码头边上，要和他一起沉入水中。但是这儿离河面还有很长一段距离，并且没有谁冲上去阻拦她，所以最后她往河里扔了一小片被当作丧服的面纱。菲尼克斯不认识这些死者，但他也觉得他们可怜。生物死后应当回归大地，这是他们的来处；但在这个全是水泥和人行道的地方，水葬总比任其腐烂要好。

离送葬仪式点不远的地方有一个巨大的、锈迹斑斑的船桩，那儿曾停靠着横渡大西洋的轮船。葬礼结束后，老鼠长老们一起把P太太推到了上面，这样大家都能看到她的样子，听到她的声音。奥古斯都认为，码头警卫此时应该和她站在一起，但他还没来得及上去，P太太就叫露西、贝克特和菲尼克斯站到她身边去撑住她，这样一来，船桩就站满了。事实上，菲尼克斯很乐意把位置让给奥古斯都。当听到一只老鼠叫嚷"那个脏东西在上面干什么？"时，他想马上爬下去。然而，P太太却用她那出奇有力的手抓住了他的尾巴，使得他不得不待在那儿。

只要P太太愿意，她的嗓门儿想有多大就能有多大，就像她现在这样。"你们所说的，这个脏东西，他叫菲尼克斯，"她大声说，"他刚刚救了我的命。"

露西捏了捏菲尼克斯的爪子。但菲尼克斯还是希望自己能马上消失，尽管他注意到很多老鼠仰起脸来，露出了感激的表情。接着，马上有老鼠转而抱怨起露西和贝克特。是的，他们在同龄的老鼠中也没有得到过太多尊重。贝克特运动能力的缺乏掩盖了他的智慧，他嗓门儿不够大则让大家更瞧不起他；即使露西的美貌和活力能够吸引像小奥这样年轻一代中的佼佼者，许多老鼠也只注意到她声名狼藉的爸爸和寒酸的家。

这些声音促使P太太松开菲尼克斯的尾巴，把一只爪子放到了贝克特的肩膀上。"我还要感谢这个聪明的小伙子，"她说着，用另一只爪子指了指廊桥门上的告示，"他让我们知道了人类的计划。拆除是什么时候开始呢，贝克特？"

"8月28日。"贝克特说。

"8月28日。"P太太大声重复着他的回答，"有谁知道今天的日期吗？"

没有谁知道，贝克特很高兴他能从船桩上下去看看日期。他匆匆跑开后，鼠群里有声音在问"拆除"是什么意思。

"就是说他们会把廊桥夷为平地，至少是拆毁我们的住所。"P太太说，"这样他们就能建造那个像泡泡一样的建筑。"

"怎么拆？"那个声音问。

"用机器，我猜，人类干什么都是用机器。"

"我们怎么才能阻止他们呢？"另一只老鼠哀号道。

"这就是我们今天要商量的。你们有什么办法吗？"

"我要把他们打成肉酱。"奥古斯都拔出剑扬言道。

这把剑实际上是一根用来调制鸡尾酒的花式牙签，但奥古斯都挥舞这把剑时威风十足，引起了鼠群的骚动。P太太也称赞了他的英勇无畏。

"但我不敢说一只老鼠就能敌过他们——即便英勇如你。"

"他可以领导我们！"小奥叫道，"我们要组成一支军队，趁他们睡觉的时候攻击他们！咬烂他们的爪子，还有他们丑陋的鼻子！"

"好主意。"P太太说，"但是恐怕他们人数太多了，据我所知，有成百上千万。"

一只年轻的老鼠建议他们在廊桥前面排成一列。"他们必须用机器从我们身上碾过去才能进行拆除。"她说。

"年轻真好。"P太太不禁感叹她的天真，"大概没有什么能比碾死我们更能让人类高兴的了。"

鼠群陷入了长时间的沉默，但并不是寂静无声。老鼠们在窃窃私语，直到传来一声尖啸。露西的心跳到了嗓子眼儿里，这声音听上去像西区公路上的突然刹车。是贝克特被车撞了吗？一想到哥哥可能出事了，她就头晕得厉害，只能靠在P太太身上。

鼠群很快分开，贝克特回来了。他带着报纸的头版，是从奥斯卡偷糖果的那个报摊上拿来的。贝克特没有死。他刚爬上船桩，露西就拥抱了他，这让他有点儿摸不着头脑。等她放开他，他耸了耸肩，为P太太将平了报纸。

诚然，P太太是疾病和治疗方面的专家，拥有惊人的记忆力，对奶酪也有着非凡的品位，但要她破译字母和数字就有点儿强人所难了。

"这上头怎么说？"她问。

贝克特告诉她，今天是8月25日。

"今天是8月25日，"P太太向鼠群重复道，"这意味着我们还有……"

"三天。"贝克特轻声说。

"还有三天，"P太太重复道，"拆除就要开始了。"

"但是选举就定在三天后！"奥古斯都喊道。

对大多数老鼠来说，这是个新消息，因为这是奥古斯都私下决定的。但他们没有表示异议，只有P太太建议可能要推迟一两天。

"如果我们连廊桥都没了，那么选举一个新市长也没有意义了。"她指出这一点。

"连廊桥都没了"这句话对鼠群产生了可怕的影响，不过刚刚以为差点儿失去贝克特的露西想到了一个主意。

"怎么了，亲爱的？"P太太看到露西举起了爪子。

"我在想，"露西说，"想要阻止他们摧毁我们的世界，我们可以威胁摧毁他们的世界。我们可以写一个警告：如果你们这样对我们，我们就会这样对你们。"

"很有逻辑，"P太太说，"但是我们怎么才能摧毁他们的世界呢？"

露西还没想到那么远。奥古斯都突然意识到，这一刻就是为他当选市长准备的，可是他对该怎么做毫无头绪。他的儿子，小奥，这时却举起了爪子。

"他们都穿着奇怪的衣服，"小奥说，"也许我们可以偷走那些衣服？"

"偷走他们的衣服——"P太太说，"我们怎么偷呢？"

小奥也答不上来。

"也许我们也可以在他们的食物里下毒，"有老鼠插嘴说，"我的表弟莫瑞斯可以帮助我们，他住在一家高档餐厅的厨房里。"

"我说过了，"P太太说，"恐怕人类有几百上千万之多。"

鼠群就这样，抛出一个接一个无助的想法，直到露西再次举起爪子，提议他们需要一个旁观者视角。

"什么意思？"P太太问。

"菲尼克斯来自新泽西，"露西说，"也许他能给我们出个主意。"

所有的目光都转向了菲尼克斯。令他惊讶的是，大多数老鼠的目光都满怀希望而不是失望，他们好像认为他真的会有答案。他绞尽脑汁思考：在人类眼中，世界意味着什么呢？他想起爸爸曾带他去看游泳池，人类似乎很喜欢游泳，但这个城市四周都被水环绕，他无法想象怎么才能把他们与水隔开。他还知道些什么呢？他想到了泰伦被电死，想到弗洛姑奶奶说电是"一种对人类至关重要的能量"——这就是那两个戴着亮闪闪帽子的人爬上塔修理电缆的原因。他望着人类发光的建筑物，它们使天空中那几颗微不足道的星星相形见绌。

鼠群越来越烦躁不安，但菲尼克斯刚清了清嗓子，他们中的大多数就安静了下来。

"对人类来说，世界的意义之一就是电。"菲尼克斯说。

"什么是电？"一个声音问。

"这和选举有关，"奥古斯都头头是道地说，"和我们一样，他们也有，这非常重要。"

"事实上，我认为电就是能让灯泡发光的东西。"P太太说。

奥古斯都皱起了眉头。贝克特突然想起了什么，转向露西。

"还记得那栋没有窗户的大楼吗？"他说，"那旗帜上画了一个灯泡，还写了一行字：爱迪生联合电力公司。门口还刻着别的字：爱迪生联合变电站。"

露西大声重复了一遍，好让大家都听清楚。

"有意思。"P太太说。

"但这些对我们有什么用呢？"小奥问。

奥古斯都冷笑着表示附和。

"对啊，这些对我们有什么用呢？"鼠群也重复道。

眼看P太太也回答不上来，奥古斯都转身朝廊桥走去。大家都看到了他的举动，因为他是鼠群中最高大的，大多数老鼠跟着他走了。他们从门下溜进去之前，向他们心爱的廊桥投去了伤感的目光。

11

杏仁巧克力

集会散场后，露西、贝克特和菲尼克斯帮助P太太从船桩上下来。P太太上次离开她的板条箱这么远的距离，还是在去年夏天。在回家的路上，她已经站不稳了。她的三个年轻朋友一路搀着她，直到她睡倒在她最爱的靠垫上。

菲尼克斯领着露西和贝克特走进奶酪仓库，指给他们看那个被投毒的切达奶酪轮。虽然这块奶酪已经被切掉了一点儿，不是一个完整的轮子了，但他们还是把它滚进客厅，滚出了大门。露西注意到，菲尼克斯一直扭着头，屏住呼吸，以避开奶酪的气味。把奶酪扔出码头后，她把贝克特拉到一边。

"菲尼克斯不该一直待在奶酪仓库里。"她说，"既然爸爸不回家住了……"

贝克特同意这个想法。但当他们邀请菲尼克斯住进家里那只空着的鞋子时，菲尼克斯却什么也没说。

"你在想念新泽西吗？"露西顺着他的目光望向了河对岸的灯光。

是的。睡在旧鞋子里的提议让菲尼克斯想起了自己的小窝，那儿离他的爸爸妈妈只有几棵树远，他是多么思念他们啊！

但是即使他能找到并走过P太太提到的那座大桥，他就能回到家吗？他该怎么穿过那片巨大的、满是烟囱的工业区呢？就算他历经千难万险回到心爱的森林，他又怎么能以现在这副模样出现在大家面前呢？爸爸妈妈一定认不出他来了，吉赛尔也不会再为他梳理胡须了——他很确定这一点。那么回去还有什么意义呢？然而，和一群老鼠待在这个在劫难逃的码头上，又有什么意义呢？

就在他告诉自己，还不如坚定决心、虚度光阴直至死去的时候，他的肚子咕地叫了一声。

"呃，我可以把坚果也带到你们那里去吗？"他问。

"你喜欢吃吗？"露西眼睛一亮，说道，"那再好不过了。"

菲尼克斯蹑手蹑脚地进来取坚果的时候，P太太正在打鼾。他狼吞虎咽地吃了几口，然后盖上塑料盖子，把罐子滚到了露西和贝克特家。天色晚了，兄妹俩已经爬进了自己的鞋子里。

"你用那个。"贝克特指着爸爸的鞋子说。

菲尼克斯犹豫了，他们爸爸的鞋子并不难闻，但是一想到要住进去，他就感到恶心。而且，它看上去很拥挤。

贝克特注意到了他的犹豫不决，便问他在家乡住在什么地方。

"树洞里。"菲尼克斯说。

"用什么做窝呢？"

"基本上是树叶。"

贝克特站起来，撕了一本他已经读过的杂志，用碎纸做了个窝。菲尼克斯半信半疑地睡上去，惊讶地发现的确有家的感觉。

"谢谢，"他蜷缩进去，"非常感谢！"

他们都累了。这是一个美好的夜晚，但是他们都没有睡着。露西在为即将到来的灾难担心；同时又感到莫名兴奋，他们家还从未来过留宿的客人呢。过了一会儿，她小声问道："有谁醒着吗？"

贝克特和菲尼克斯都咕哝了一声。

"这太有意思了，菲尼克斯，"她说，"你说的人类和电的那些事情！在你的家乡，你们也用电吗？"

"不用。"菲尼克斯说。

他讲了森林附近玉米地里的电缆塔，还有泰伦被电死的故事。

"他让电网短路了。"他说。

"什么？"贝克特问。

"他让电网短路了，所有的灯都熄灭了。"

"也许……也许我们也可以切断这里的电网？"露西说，"想想吧，让这儿的大楼晚上都没有灯光！"

"这会让人类感到不舒服的。"贝克特同意说，"但是，除非他们知道是我们造成的，否则也起不了什么作用。"

过了一会儿，露西说："你何不告诉他们呢，贝克特？我们可以把门上的告示摘下来，你在它的背面写字，然后我们再把它钉上去。"

用P太太的笔写一封真正的信！这个想法激励了贝克特。"我们怎样才能把告示从门上摘下来呢？"他问。

"我听说松鼠都很善于攀爬。"露西暗示说。

菲尼克斯同意试一试，但他在想另一个问题，"我们难道不应该先研究如何让电网短路吗？"

"你的朋友泰伦是怎么办到的呢？"露西问。

"他同时触碰了两个线圈，可是他自己也死了。"

"如果你看到两个相似的线圈，你能辨认出来吗？"贝克特问。

"应该能。"

"那么我们的初步行动应该是侦察那座变电站。"

"哦，行动吧！"露西说，"那可是一栋高楼，我们必须尽可能多找些援助。"

"明早我们可以召集一队帮手。"贝克特说。

说完这句话，贝克特很快就睡着了。露西多醒了一会儿，她在想菲尼克斯是否还醒着。她还想到，他在这个危急关头闯入了他们的生活，真是可怜。菲尼克斯也醒着，他也在想露西是否还没睡着，以及和这些老鼠生活在一起是多么戏剧化。最后，他们都昏睡过去了，再睁开眼时，天已经亮了。

露西一等到她认为合适的时间，就去为P太太准备切达奶酪早餐，顺便汇报了他们的计划。她回来的时候，菲尼克斯和哥哥已经起床了，但贝克特认为她应该自己去召集帮手。

"我们俩去都不合适，"贝克特说，"我是个书呆子，而他甚至连老鼠都不是。"

露西坚持他们应该一起去。不过贝克特也许说得有道理，虽然他们向遇见的每一只老鼠解释他们的计划，但没有一只老鼠加入。

"你的小男朋友呢？"最后，贝克特问，"他没准儿会帮助我们。"

小奥和他的爸爸妈妈都在顶层的板条箱里，他和妈妈正在充当爸爸竞选演讲的临时听众。演讲很激动人心，但当演讲结束，小奥准备离开时，他妈妈硬要他帮忙在客厅挂上一张新邮票。在他看来，这张邮票已经挂得很正了，但他妈妈偏说是歪的。在帮她调整了几十次之后，他不耐烦地挥了挥爪子。

"我得走了，妈妈。"

"为什么？"海伦——这是他妈妈的名字——从不理解出门的想法。他们的板条箱是多么舒服的地方啊，除非被迫，否则她是不会离开的。

"天气太热了，"小奥说，"我想去游泳。"

"右边再稍微高一点点。"海伦回答。

小奥终于溜走了。很快，他就证明了贝克特是对的。有了小奥的加入，他们很快就招募了一小队成员。然而，他们要到傍晚才能去变电站，在这个空当，贝克特跑去练习书写，其他老鼠则跟着小奥去船坞边游泳。天气太热了，菲尼克斯也跟着去了。他很快发现，虽然外表变化很大，但他内心还是从前的自己。当小奥从木桩上表演跳水，老鼠们发出惊呼时，他感到嫉妒，就像他从前看到松鼠们对泰伦走钢丝发出惊呼时一样。他知道自己不像老鼠们那么擅长游泳，但他是一个攀爬高手。因此他爬上了比小奥那根柱子高一倍的柱子，一直爬到了顶——就是那只叫玛莎的鸽子停留过的地方。跳下去时，他不得不硬着头皮闭上眼睛；但浮出水面时，他得到了空前热烈的欢呼。

现在轮到小奥嫉妒了。于是后来，当他们准备出发去执行任务时，他反对菲尼克斯一起去，理由是菲尼克斯有可能是间谍。菲尼克斯觉得很好笑，他才不想成为老鼠远征军的一员呢。但是这惹恼了露西。

"看在老天的份儿上，只有他才知道线圈长什么样。"她说。

露西说完，领着他们走进了夜色中。慢跑小路上空无一人，但是西区公路上却车水马龙。他们好不容易才过了马路，排成一列纵队沿着排水沟潜行，还专门绕道避开了路旁的咖啡馆。

一辆爱迪生联合电力公司的卡车停在变电站前。菲尼克斯和老鼠们挤在车底下，仰望着大楼灯火通明的正面。变电站是在大型航运公司的鼎盛时代建成的，角落里装饰着华丽的雕刻。但它的大门紧闭着，看起来像堡垒一样坚不可摧。

然而，在建筑的另一侧，他们发现街道上方有一个通风格栅。他们一个接一个地挤进管道，一直爬进了变电站。里面地方很大，灯火通明，凉爽宜人，一共有三台四五层楼那么高的巨型变压器，每台都配有一个由人操控的控制面板。有两个人坐在桌子旁，一个人在吃皮塔三明治，另一个人盯着手机，没人注意到一群啮齿动物正在巡视这屋子。露西让菲尼克斯和她一起走在前面，但菲尼克斯没看到电死泰伦的那两个线圈一样的东西。

"好吧，总得试试看。"当他们回到通风管道时，露西说。

"贝克特去哪儿了？"菲尼克斯问。

谁也不知道贝克特去哪儿了。露西皱起眉头，建议大家等一等，她原路返回去找。终于，她发现哥哥正在屋后角落里一架高高的螺旋梯上，每一级台阶的高度刚好够她攀爬，他示意她也上去。她上去后，贝克特指给她看墙上有机玻璃罩下的变电站图纸。图纸显示，上面还有一个更小的房间。

"这写的是什么？"露西指着小房间上的字。

"高压电区域。"他说。

"这是什么意思？"

贝克特不愿意承认他也答不上来。露西抬头往上看，发现螺旋梯一直通往遥远的天花板。

“你觉得这是通往那儿的路吗？”她问。

“按理说是，但看起来楼梯只到天花板，你觉得呢？”

露西知道贝克特体力不好，于是自己爬了上去。这次攀爬很累，她在顶部找到了一个活板门，但打不开。

从上面下来时，她必须一级一级台阶摸索着，用后脚先下的方式倒退下来。回到哥哥身边时，她已经累得精疲力竭了。在离开的这段时间，贝克特又发现了一些东西。

“这上面说有一个电梯。”他指着那张图纸说。

他们一起爬下了剩下的台阶，他带她来到一个金属垃圾桶前。从那儿环顾四周，他们能看到电梯门闪闪发亮。不一会儿，一个穿着蓝色连体工作服的人走过来，按下了墙上的一个按钮。门吱的一声开了，那个人走进电梯，放下他的帆布工具袋，电梯门又关上了。

“没戏，”贝克特说，“他们虽然不善于观察，但是如果我们跟他们一起走进去，还是会被发现的。”

“也许我们可以自己用电梯。”露西建议。

“但我们怎么才能按到那个按钮呢？墙太滑了。”

露西想起菲尼克斯爬上船坞边高木桩的样子，她回去带来了菲尼克斯。菲尼克斯看了一眼就指出，除非他们一起把垃圾桶移过去，让他站在上面，否则他永远也够不到电梯按钮。露西又跑回去，把整支老鼠队伍都带来了。他们一起把肩膀抵在垃圾桶上，贝克特从三开始倒数，当他数到一时，他们一起用力，但是垃圾桶纹丝不动。

他们又从管道爬回到人行道上。刚从凉爽的变电站出来，外面显得又热又闷。露西带着他们回到大楼正面，仔细察看着。

"也许我们能从外面爬进去，一直爬到顶部。"她说，"不过这看起来并不好爬。"

"我有办法了。"小奥一边说，一边向大楼西北角走去。

小奥开始沿着浮雕向上爬，一直爬到第七层或第八层处的一个飞檐角。此时夜已经深了，人行道上空无一人，因此老鼠们聚在一起仰头观看。队伍里有一只名叫艾米丽的雌鼠，她整个夏天都在暗恋小奥，她相信自己从未见过如此敏捷的老鼠。但菲尼克斯却对小奥的攀岩技巧不屑一顾，心中暗想：小奥不算天生敏捷，也没有轻盈的脚垫，还不懂调整重心，他只是在用爪子硬爬而已，嘴里还呼哧呼哧直喘气。

果然，还没到达路灯的高度，小奥的喘气声就变成了尖叫。当他摔到人行道上时，艾米丽立即冲过去，扑到他的身上。她是一只挺漂亮的老鼠，只是脾气有些暴躁。就像她家族的其他成员一样，她长得非常娇小，小得让人怀疑她们一家是某种下水道老鼠。小奥也许会摔死，这样的恐惧让她战胜了羞怯，表现出了自己的真情实感。

不过，老鼠是生命力很顽强的生物，虽然小奥摔下来着实感到很疼，但是他并没有死。对他最大的伤害反而是自尊心受创——尽管他不得不承认，有一只漂亮的小老鼠趴在身上哭泣也是一种安慰。

艾米丽感到小奥在她身下动了一下，她感激地尖叫起来："天哪！你不该爬那么高的，小奥！"

在这种情况下，小奥尽可能地有尊严地咕哝了一声："上面风很大。"他在站起来之前先伸了伸胳膊和腿。

"但是谁也爬不了那么高！"艾米丽说着，冷冰冰地看了一眼露西。

其他老鼠也表示同意，露西似乎应该受到责备。就在这时，菲尼克斯感到了一种奇怪的冲动：他想保护露西。她所做的一切都是为了拯救他们的家园！他抬起头看了看头顶垂着的爱迪生联合电力公司的旗帜，说了一句在他看来风并不大，便走到大楼角落里，直起身来。

"太危险了，菲尼克斯！"露西喊道，"你还没有完全恢复！"

事实上，虽然在折叠镜里，菲尼克斯的外表看起来还很可怕，但是他的肌肉在恢复活力。虽然他那光秃秃的尾巴在保持平衡时不如原来毛茸茸的尾巴，但他也已经适应了。经过小奥失手的地方时，菲尼克斯感到一丝骄傲。这座大楼的某些浮雕相当深，是很好的抓手，而且这里也没有一丝风。他唯一要做的就是尽量别往下看。

当他爬到檐口时，下面传来了一阵满意的欢呼，可惜，他们高兴得太早了。檐口处伸出来两根横档，较低的那根并不是多大的障碍，它距离菲尼克斯现在的位置还不到一只松鼠的高度；但是它与较高那根的间距却是菲尼克斯个头的三倍，如果脚垫上没有胶水，他是不可能爬得过去的。

唉，刚刚他急于显示自己的技能，还没有想过怎么回到地面上去呢！现在有这么多观众，他怎么能屁股朝下往下滑呢？当然，他们只是老鼠，他不必在乎他们对于攀爬的业余看法，但他可以想象到小奥的嘲笑和露西的失望。

这时，有个东西引起了他的注意：一个安装在大楼正立面的监控摄像头，就在较高的那根横档下面。也许他可以顺着它爬上去！在他爬过狭窄的横档时，他又一次思念起了自己的旧尾巴。没有了它，这感觉就像一个没有平衡杆的人在走钢丝。不过，他还是成功地走到了那一头，开始伸出爪子去够那个摄像头。

很不幸，还是够不到。他只好沮丧地往回退。就在较低的那根横档中间，又有一个东西引起了他的注意：一根连接到旗杆顶端的支撑线。这根线从他下方的建筑中笔直地伸出来，一直延伸到檐口上方的某个地方。

虽然这儿离旗杆只有很短的一段距离，但想要计算能跳多远，就得往下看。远远地，他看到了那些老鼠都在仰脸盯着他，他感到一阵心惊肉跳。他试图把注意力集中到旗杆上面。他告诉自己，如果他失手了，这可是比绝食要快得多的死法——尽管这样想着，他还是犹豫不决，心怦怦直跳。终于，他强迫自己往前一跳！

虽然不够优雅，但总算是安全着陆。完成这一步后，摸到旗杆顶端的旋钮本该是件容易的事情，但没了毛茸茸的尾巴，连这也变得困难了。菲尼克斯到达旗杆顶端后，发现那根支撑线还没有老家玉米田里的电缆粗。他使劲拉了一下，还好，起码它很结实，绷得也很紧。在老鼠们热切的注视下，松鼠的本能神奇地发挥了作用——他伸手抓住了支撑线。爬过檐口时，他受伤的肩膀有些刺痛，但就算是泰伦也会为他此刻竖爬支撑线的方式感到骄傲吧！

那根支撑线连着栏杆底部的一枚铁钉。栏杆本身有一些缝隙，菲尼克斯穿过其中一道缝隙挤到了一个狭窄的阳台上。这栋楼的顶部也没有窗户，但当他沿着阳台绕过墙角时，他在石雕上发现了一个洞：这是为支撑线预留的管道，直通向建筑物里面。

上面的房间比下面的房间更小，更昏暗，也热得多。到处是电路、导体和纵横交错的电线，但幸运的是，这儿只有一个人：那个穿蓝色连体工作服的男人正趴在一个电路开关上，用钳子在调整什么东西。他脸通红，汗流满面，而就在他旁边——啊哈！——有一对嗡嗡作响的线圈，看上去很像杀死泰伦的那一对，只不过比它们大十倍。菲尼克斯思考了一下，尽管他做好了牺牲的准备，但他也知道两个线圈之间的距离太远，他没法儿同时碰到。他朝四周看了看。在那个人身后的地板上，放着他的帆布工具袋，里面露出一把相当长的扳手。菲尼克斯悄悄溜过去，爬进了工具袋，可是扳手太重了，他抬不动。

那个人骂骂咧咧地转过头，菲尼克斯马上头朝下缩进了工具袋里。当菲尼克斯正在锤子和电压测试仪之间挣扎时，那个人扔进来一把钳子，正好砸在菲尼克斯还没长好的尾巴上。菲尼克斯此刻唯一能做的事，就是忍着不叫出声来。但好消息是，工具袋里有一根杏仁巧克力棒。

杏仁巧克力棒刚吃到一半，菲尼克斯就听到了逐渐远去的脚步声。他探出头，看到那人走进电梯附近的一个壁橱，拿着一把尖嘴钳回来了。那个人没有关上壁橱的门，因此他回到电路板上工作后，菲尼克斯跑进了壁橱。壁橱里一边是扫帚、拖把等清洁用品，另一边全是工具，其中有一个水平仪。那个水平仪看起来很长，足够碰到两个线圈；而且它很轻，菲尼克斯轻松地把它从壁橱里推出来，藏在一堆导体后面。

由于那个人还在工作，菲尼克斯估计自己得明天再来一趟，才能让电线短路。于是他回到管道里，飞快地跑回了阳台上。现在外面的空气也变得凉爽了，他感觉很舒适，顺着旗杆的支撑线滑下去也像玩耍一样轻松。但当他回到檐口尽头往下看时，他的心沉了下去：老鼠们还都聚在人行道上，等着，望着。他又陷入了和以前一样的困境：头朝下爬下石头浮雕太可怕了，但是尾巴朝下滑下去又太羞耻了。

他被困在了那里。

12

佛蒙特切达奶酪

菲尼克斯还在上面的房间里时，露西变得越来越紧张，不自觉地咬着自己的尾巴尖。后来贝克特用肘推了推她，她立刻尴尬地放下了尾巴。但她的这些小动作还是没能逃过小奥的眼睛。这让他想起，爸爸一向不喜欢露西，也许爸爸对露西的看法不无道理吧——毕竟咬尾巴的行为不太淑女。但与此同时，一想到她这么做是因为关心那只怪异的松鼠，他就很恼火。

菲尼克斯已经离开很长一段时间了，小奥声称他们再也见不到他了。

"你为什么这么说？"露西问他。

"我有一种感觉，他从一开始就在欺骗我们。"小奥说。

贝克特哼了一声，问："他图什么呢？"

"什么？"小奥把一只爪子伸到了耳朵上。

每当贝克特说了什么惹恼他的话，小奥就假装听不见，这一点让露西很生气。

"如果菲尼克斯不是为了帮助我们，他为什么要爬那么高呢？"她说。

"他就喜欢表现自己。"小奥说。

"你看他在码头上那副样子。"艾米丽插话说。

"做好事并不一定就是为了表现。"露西指出。

不久，菲尼克斯又出现在了他们头顶的旗杆上。鼠群中爆发出巨大的欢呼声，小奥也忍不住欢呼起来。毕竟，这只松鼠带来了希望，而且小奥也和大家一样热爱这个码头。当菲尼克斯爬到檐口尽头时，小奥以为露西一定会说"我早告诉你了"，但是露西只是如释重负，并没有露出得意扬扬的样子。

幸好她没有这样做，因为菲尼克斯踌躇一会儿后，又回到了旗杆上，再一次消失了。小奥心里当然免不了幸灾乐祸，但他忍住了没有表现出来，以防菲尼克斯只是忘了什么东西。但他们一直等到半夜，菲尼克斯也没有再出现。小奥一边不停地打着哈欠，一边说："那只松鼠已经成为历史了，现在该睡觉了。"

"你说'成为历史'是什么意思？"露西又忍不住要咬自己

的尾巴了。

"他抛弃了我们。"

"他为什么要这么做？"

"他为什么要关心这个码头？他又不是我们中的一员。"

"如果他是回去取东西时受伤了怎么办？"露西哭了起来，"或者是被逮住了？"

几只老鼠严肃地点了点头，小奥闭嘴了。露西越来越着急，最后她脱口而出："我们应该上去看看。"

老鼠们原则上都很赞同这个想法，但没有谁想重演小奥摔下来的悲剧。最后，露西决定自己去，贝克特表示反对，认为她不应该再去碰运气。

"你滚那罐坚果时差点儿被撞死！"他提醒她。

"是吗？"小奥皱起了眉头。

但露西没有听劝阻。于是，就在她爬上大楼时，贝克特冲到街角一个垃圾满到溢出来的垃圾桶旁——那个垃圾桶是用铁丝网做成的，即使是贝克特也能爬上去——他没有理会垃圾桶里的一本看上去很有意思的杂志，而是拽出了一块被人丢弃的破布。

他回到大楼前，招呼小奥和其他六只小老鼠，帮他把破布展开，刚好铺在露西做救援工作的正下方。

露西已经经过了小奥摔下去的地方。正如一位鼠中智者所说，"恐惧是失败最好的朋友"，而露西并未被恐惧阻碍。这倒不是因为她异常勇敢，而是因为她太担心菲尼克斯了，顾不上担心自己。她紧盯着檐口，完全不受其他事情的干扰，一下接一下地往上爬。但就在她爬到檐口一半的时候，她的爪子因为太紧张开始抽筋了。这时候，坏运气又给了她猛烈一击——事实上，是两击。一阵大风向她袭来，与此同时，街边不远处的汽车警报器铃声大作，把她吓得魂飞魄散——她再也坚持不住了。

"拉！"就在露西掉下来时，贝克特声嘶力竭地喊。

他和老鼠们把那块破布拉得太紧了，所以露西刚落到上面，就又被弹到了空中。第二次落到破布上时，露西已经头昏眼花了。最后，他们轻轻地把她抬到了人行道上。

"你还好吗？露西？"贝克特问。

"不太好，"露西小心翼翼地坐了起来，"不过谢谢你接住了我。"

"你没有受伤吧？"小奥问。

她摇摇头，绝望地向上望着。旗杆和檐口上还是没有菲尼克斯的影子。

"我们能做的只有等待了。"她无可奈何地说。

大多数老鼠都习惯夜间活动，他们喜欢在黑暗中爬行和偷东西。但码头老鼠却习惯晚上睡觉，当汽车警报器的声音平息后，许多老鼠打起了哈欠。尽管只有少部分老鼠赞同小奥的理论，认为菲尼克斯抛弃了他们，但他们留在这儿确实也无能为力，大家开始踏上归途。最后，留在变电站前的只有露西和贝克特了。

　　"你觉得他是不是触电了，就像他的朋友泰伦一样？"露西小声问。

　　贝克特也答不上来，他和露西轮流往上望着。夜越来越深了，最后连出租车都没有了。

　　再后来，贝克特趴在地上睡着了。露西也累坏了，一直抬头让她的脖子很痛，但她还是坚守着，直到变电站的前门打开，一个穿着蓝色工作服的人提着工具袋走了出来。露西把贝克特从马路上拉起来，躲到了爱迪生联合电力公司的卡车下面。这时，露西和贝克特的头顶上传来一声喇叭声，那个人钻进卡车，发动引擎，卡车咆哮着开走了，后轮差点儿撞到他们！贝克特蜷缩在排水沟里瑟瑟发抖，露西也吓得不轻，她终于同意是时候回家了。

　　当他们回到板条箱时，天已经快亮了。贝克特沾床就睡着了，露西也躺下了，但她的目光在空空的鞋子和一堆杂志之间流连。先是他们的爸爸离开了他们，现在菲尼克斯也不见了。她不是一个爱哭鬼，但她睡着前还是忍不住流了几滴眼泪。

露西和贝克特还在睡梦中，码头上已经热闹非凡。小奥和许多年轻老鼠在一起聆听他爸爸的竞选演说，或者叫电话簿演说（因为奥古斯都又站在了铁桶旁的电话簿上）。尽管第二天就要拆迁了，但奥古斯都还是更关注即将到来的特别选举。他不相信贝克特的破译能力，他敢用他珍贵的波罗夫洛干酪球打赌，码头上的告示只是一张广告，那玩意儿到处都是。但是，如果人类真的打算这样做，难道不应该有一个市长来带领大家对抗人类吗？当老鼠们摇晃着尾巴表示赞同时，奥古斯都拔出他的牙签宣布，如果人类胆敢行动，他将带头向他们发起冲锋。

不远处，另一群老鼠——大多数是年长一些的老鼠，围在三位老鼠长老的周围。长老们对码头即将被拆除坚信不疑，并鼓励大家做好撤离码头的准备。

"但是我们能去哪儿呢？"有老鼠喊道。

"地底下，P太太说过了。"最年长的老鼠长老说。

"地底下到底有什么？"

尽管长老们很有智慧，但他们对这个骇人听闻的地方也没有经验。

"P太太去过，"最年轻的老鼠长老说，"也许她能带我们去。"

年纪排在中间的那位长老留在鼠群中，另外两位长老悄悄溜出去找P太太。奥斯卡走了，露西还在睡觉，今天没有人给P太太拿早餐，但她还是出现在门口，脸上带着愉悦的微笑。当最年长的长老告诉她，鼠群希望她能带领他们去地底下的时候，她脸上的微笑消失了。

"哦，可是我办不到！"她解释说。

"天哪！为什么呢？"

"因为我不打算撤离。"

"您不相信小贝克特吗？"

"我对贝克特的阅读能力信心十足。但是我太老了，没办法离开，他们可以把我和码头一起毁掉。"

这个消息很惊人。大家都知道P太太偏爱露西，于是两位长老又找到露西，希望她能说服P太太改变主意。贝克特开了门，告诉他们他妹妹需要睡觉。

"但是现在十万火急！"最年轻的老鼠长老喊道。

露西被喊醒了。以往，要是被别的老鼠看到她还赖在床上，或者被他们看到自己家乱糟糟的板条箱，她会感到羞愧。但是昨晚的一系列事情——希望的破灭，菲尼克斯的消失，已经让她变得麻木了。

两位长老解释过他们来这儿的原因后，她和贝克特跟着他们一起到了P太太家。P太太请他们进去，给每只老鼠找了坐垫坐下，然后询问兄妹俩任务进行得如何。

"菲尼克斯出现后又消失了，这真是一件怪事。"P太太听完露西的讲述后，感叹说。

"我猜他一定发生了什么可怕的事情。"贝克特说。

"可怜的松鼠，"P太太叹了口气，"我想你们是时候考虑撤离了。"

"我们不能抛下您离开！"露西喊道。

"我跟他们说过了，"P太太看了一眼最年长的老鼠长老，"我太老了，我——"

"不，您不老！"露西坚持说，"贝克特和我会帮您的。"

P太太摇了摇头，说："收藏鼠从不放弃他们的收藏。亲爱的，我要带的东西太多了。"

"但这些只是身外之物，它们不重要。"

"你是一只聪明的小老鼠，"P太太说，"但请记住，时间，和皮毛、血肉一样，是我们生命的一部分。我们收藏鼠花了如此多的时间进行收藏，这些藏品已经成为我们生命的一部分了。"

"我们帮您把最喜欢的那些带走。"露西说。

可惜，无论她说什么都不能动摇 P 太太的决定。最后，两位长老把这个坏消息带回了鼠群，一些老鼠马上加入了奥古斯都的行列，但大多数老鼠还是采取了观望的态度，他们收拾了贵重物品，打算在迫不得已的时候再撤离。

露西和贝克特的优势是没有贵重物品需要打包。贝克特的图书馆是公共财产，那是老鼠们过冬取暖的燃料。他们的另一个优势是露西对这座城市很了解，此外，贝克特的阅读能力也对他们生活在人类世界大有裨益。但他们打算在离开之前，再劝一劝 P 太太。

他们来到 P 太太家，发现 P 太太卡在了藏宝室和奶酪储藏室之间。她本来是要去给自己拿奶酪的，但她比上次进出这扇门时又胖了不少。露西和贝克特拉着她的尾巴把她拽回了藏宝室。发生了这么尴尬的事情，P 太太也笑了。

"看来我得再在那扇门上咬几下了，"她说，"或者假如我被困得够久，我会变瘦一点儿，也就能出来了。"

露西扶她回到客厅靠垫上，贝克特给她拿了一大块她最好的佛蒙特切达奶酪，露西等 P 太太咬了一口才开口。

"现在我连储藏室都进不去，你真的不能指望我钻到下水道里去。"P 太太说，"但是你们两个必须去。"她放下奶酪，打开护身符，拿出钥匙，说："我想送你们一点儿好东西，让你们记住我。去打开我那个上锁的箱子，想拿什么就拿什么吧。"

一定是因为那天早上露西在床上掉的眼泪降低了她的泪点，她又流泪了。她和贝克特婉拒了那把钥匙，他们一直待到P太太再次打起哈欠，赶他们走为止。

铁桶附近聚集着许多年老的码头老鼠，身旁放着他们捆扎好的物品。贝克特想叫露西也过去，但是她径直朝他们的板条箱走去。她心烦意乱，不想理会他人，贝克特只好跟着她。回到家，她坐到她的乐福鞋头上，把头埋进爪子里。

"哦，贝克特，我受不了要离开她。"她抽泣着说。

"嘘。"贝克特说。

"什么？"露西眨了眨眼睛。

贝克特指着一堆碎纸屑中伸出来的一条结痂的尾巴。

"看样子浪子回来了，"他轻轻地说，"他好像睡着了。"

13

温热的咖啡

通常来说，露西既不爱哭，也不爱尖叫，但现在她尖叫起来，出于惊讶，还有纯粹的高兴——

"你到哪里去了？"她尖叫着跳了起来。

菲尼克斯，这个偷偷溜回廊桥的家伙，已经睡着了。他揉揉眼睛，迷迷糊糊地眨了眨眼。"我还想告诉你呢。"他说。

"在变电站究竟发生了什么？我们看到你出现在横档上，然后你又不见了！"

"我想到了一条更容易下来的路。"

这并不完全是实话。菲尼克斯第二次爬上旗杆的支撑线之后，他在阳台上为怎么下去而犹豫不决。最后，他又爬进管道，回到了上面的房间里，那个人还在汗流浃背地修电路开关。经过一番侦察，菲尼克斯找到了通往螺旋楼梯的活板门，但是门太重了，他抬不动。他只好蜷缩在电梯旁，心想这是他最大的希望了。等待中，他越来越燥热，甚至有点儿庆幸自己掉了那么多毛。鉴于电梯门没有任何自动打开的迹象，他打算等老鼠们回去之后，再从大楼正面滑下去。但就在他返回管道的路上，那个人的工具袋引起了他的注意。

"我钻进去，蜷缩在一个角落里。"他告诉他的两位听众。

他选择的时机恰到好处，那个人把尖嘴钳放回壁橱后，就拎起工具袋，走进了电梯里。

"坐电梯是什么感觉？"贝克特好奇地问。

"它让你的胃不太舒服。"菲尼克斯说。

电梯停了，门吱的一声开了，修理工走了出来。趁他停下来跟别人说话的工夫，菲尼克斯爬上了一把锤子，从工具袋里探出头来。哦，他们来到了下面的房间里，他甚至能看到那个通风管道口。正当他想跳出来时，修理工又开始走动了，他重新跌回到工具袋里。在摇摇晃晃中，菲尼克斯听到一扇门开了又关的声音，接着是一阵推挤，哗的一声，又有一扇门开了，然后袋子重重地落到了什么东西上，门砰的一声关上了，接着是喘息声和咆哮声。菲尼克斯刚想再次爬上铁锤，结果修理工又"前进"了，菲尼克斯又被甩回到工具袋底，世界颠簸起来。

最后，他终于把头伸出了袋子。四下观望，他受到的惊吓不亚于被红尾鹰抓住的时候！此时此刻，他正在人类的一辆谋杀机器里！

"我猜你差点儿从我们身上碾过去。"贝克特评论说。

"不是我开的机器。"菲尼克斯指出。

那个人开了很长时间的车，至于他是不是真的压扁了某个生物，菲尼克斯也说不清。最后，他终于停下来，下了车，砰的一声关上门，却把工具袋留在了副驾驶座上。菲尼克斯从工具袋里爬出来，转遍了卡车驾驶室。窗户都关死了，没有路可以出去。他只好蜷缩在驾驶座旁的地板上，想等那个人一回来就溜出去。日光渐渐照亮了卡车，他在等待中吸了吸鼻子。

"座位下有一袋弯弯曲曲的东西。"他说，"不新鲜了，但还不赖。"

"椒盐卷饼？"贝克特猜道。

"吃了椒盐卷饼会口渴吗？"

"我想是的。"

幸运的是，车座间杯托上的塑料杯里还剩下一些温热的咖啡。喝完一大口后，菲尼克斯跳上方向盘，向挡风玻璃外望去。

他不知道，卡车就停在这名爱迪生联合电力公司修理工家外面的车道上，这是一栋位于皇后区牙买加社区的半独立式房屋，他们穿过了一条隧道才来到这儿。菲尼克斯不知道的另一件事是，修理工上的是夜班，他现在正在楼上的卧室里熟睡。

太阳越升越高，菲尼克斯听到了隆隆的声音，他看见银色的大鸟斜飞入天空，这让他想起了吃掉沃尔特的那只大鸟。

"听起来像是喷气式飞机起飞了。"贝克特说。

"谁是沃尔特？"露西问。

"带我来这儿的那只红尾鹰，"菲尼克斯说，"不知道他的雏鹰们离开他后怎么样了。"

雏鹰，这是一个连贝克特都听不懂的词。

"就是红尾鹰的幼鸟。"菲尼克斯解释说。

贝克特想知道"雏鹰"这两个字是怎么写的，露西则想知道幼鸟们是否还有妈妈，可这些问题菲尼克斯一个都回答不了，他只好接着讲他的故事。

修理工的卡车逐渐变得比变电站上面的房间还闷热，最凉快的地方是座位下头，但即使是那儿也令人窒息。贝克特和露西坚持认为，不可能有上次困住他们的钢管热。也许他们是对的，但菲尼克斯被困在卡车里的时间要长得多，实际上他被困了一整天。他是靠着小口小口喝那杯咖啡才活下来的。

到了晚上，车里有了一丝凉意，但等到修理工重新打开车门进入车内时，菲尼克斯已经因为严重脱水而动弹不得了。在他倒车驶入车道重新开走时，菲尼克斯就像一块被挤干的海绵一样躺在座位底下。幸运的是，修理工打开了空调，所以当他们穿过隧道进入曼哈顿时，菲尼克斯稍微恢复了一些活力。

开了一段时间后，修理工掉转车头，把车停到路边，抓起工具袋爬了出来。就在他关上车门之前，菲尼克斯成功地跳上了马路牙子。

这一次，他的运气依旧是好坏参半。不走运的是，他们没有回到变电站，因为那个修理工在市中心的一栋办公大楼里还有一份工作；但幸运的是，这栋大楼前有一个喷泉。当修理工走进大楼时，菲尼克斯爬上喷泉的大理石边缘，大口大口地喝了个痛快。

"那栋大楼在哪里？"露西问。

"不知道。"菲尼克斯说。

"那你是怎么回来的呢？"

"你知道鸽子吗？"

"当然。"

"我向一只鸽子打听去河边的路，但是这儿好像有两条河。我告诉他，我想去河对岸是新泽西的那条河，他给我指了路。我到了河边，往市中心走就行了。"

就像他匆匆开始讲述他的冒险故事一样，他又潦草地结束了这个故事。事实上，当他来到河边时，他想起了P太太的话——从这儿往北走，有一座通往新泽西的大桥。他意识到自己已经来到了廊桥北边，于是沿着慢跑小路往城外走去。深夜时分，那条路上几乎空无一人，他急速走了好一阵子，终于看到了那座大桥。为了看得更清楚些，他爬上了路灯柱。比起那座连接海岬和海滩别墅的桥，这座桥大概要大一百倍。它很漂亮，像一条闪闪发光的项链系在黑色水面上。但是湍急的河水让他想起了贝克特和露西的救命之恩，他突然意识到，他欠他们的，他应该帮助他们拯救廊桥。

但这还不是他最终爬下路灯朝南走的原因。让他下定决心的是脑海里闪现的露西的样子。是的，她是一只老鼠，和他在家乡看到的翻垃圾的老鼠一样。但她身上有种莫名的吸引力，让他想再次见到她，哪怕是向她道声谢谢，再正式地说声再见。

当然，他没有把这些告诉她。

"我好高兴，你现在安全了。"露西说，"你看到什么对我们有用的东西了吗，在变电站的上头？"

"有没有可能让电网短路？"贝克特补充道。

"嗯，我看到两个线圈，和我在家乡电缆盒子里见到的一样，"菲尼克斯告诉他们，"但是大得多。我找到了一块足够长的金属，可以同时接触两个线圈。当然，我不知道这能不能奏效。"

"但是值得一试，你不觉得吗？"露西激动得无法克制了，"你能再次爬上去吗？"

菲尼克斯左边胡须抽动了一下，说："我想可以。"

"跟我来！"

尽管菲尼克斯很累，他还是任由露西把他拖出了板条箱。他之前是悄悄溜回廊桥的，所以铁桶旁边的老鼠们现在才看到他。他们很兴奋，当露西叫他们最好推迟动身时，他们更兴奋了。接着，她把菲尼克斯从推拉门底下拽了出来，问他能不能够得到那张告示。

小菜一碟。那个木头门已经半腐朽了，菲尼克斯的爪子很容易抓着爬上去，他轻而易举地就用牙齿把钉子拔了出来。写在硬纸板上的告示旋转着落到了地上，他把钉子钉回门上，跳下来帮露西把告示拖回了板条箱。他们不得不轻轻弯折它，好让它通过板条箱的门。

"该你了，贝克特，"露西说着，把告示拨到了底下的空白处，"告诉人类，如果他们试图拆除廊桥，他们会后悔的。"

贝克特皱起了眉头，问："我们是不是操之过急了？"

"如果他们不知道我们就是幕后黑手，那切断电网又有什么用？就算菲尼克斯没有切断电网，我们也不会比现在更糟了，他们已经打算把这地方变成……那叫什么来着？"

"网球场。"贝克特回答。

贝克特盯着那张硬纸板。一开始，他脑中一片空白，但当妹妹把笔塞进他爪子时，他顿时有了灵感。"亲爱的人类，"他写道，"请不要再投毒了，离我们的廊桥远点儿。我们是爱好和平的生物，如果你们非要这么做，你们会后悔的。"

他大声朗读他的大作，露西鼓起了掌。"太棒了！你觉得呢，菲尼克斯？"她问。

菲尼克斯也表示同意。

"落款怎么写？"贝克特问。

露西也不太确定，因为人类不会知道"贝克特"是谁。

"要不你画一只老鼠？"菲尼克斯建议道。

这是一个好办法。贝克特先在一本杂志的空白处试着画了一只老鼠，再次得到了妹妹一声"完美"的称赞。而他最后画在告示底下的那只实则更为传神。

"我们拿去给P太太看看！"露西叫道。

他们发现P太太正在她最爱的靠垫上打盹儿，露西毫不犹豫地摇醒了她。

"啊，菲尼克斯，很高兴再次见到你，"P太太高兴地说，"听说你遭遇了危险。"

"他看到变电站顶部有两个线圈！"露西脱口而出，"就像让他家乡断电的那两个一样！比那个大！他还找到一块金属，能同时接触两个线圈！"

"天哪！"P太太摇摇晃晃地坐了起来。

"贝克特，快读读你写的。"露西催促道。

贝克特照做了。

"很中肯，"P太太听完后说，"我也喜欢你画的老鼠。"

"谢谢。"贝克特谦逊地回应道。

"菲尼克斯准备把它再钉起来，这样人类就可以看到了。"露西说，"如果他们胆敢碰我们的码头，菲尼克斯就会爬回变电站顶部，把那块金属放到线圈上。"

P太太原本舒展的眉头皱了起来。"我希望你别把自己搭进去，菲尼克斯。"她说。

菲尼克斯承诺他会尽量小心。这时，板条箱上传来了敲门声，最年长的老鼠长老伸进头来。

"唔，请原谅，"他说，"我们想知道发生了什么事。"

P太太虽然拒绝亲自带领码头老鼠们去往地下，但是她答应了做他们的临时市长，因此，尽管现在是半夜，她认为让市民们了解情况也是她的职责。她挤出门，贝克特和菲尼克斯在两边扶着她，露西在后面拖着那张告示。他们走近铁桶旁边的鼠群。在这个不祥的夜晚，没有一只老鼠在床上睡觉。P太太告诉他们，菲尼克斯已经爬上了变电站的顶部。

"并且，"她说，"他还愿意再次回去，去切断人类的电力供应。"

菲尼克斯举起爪子，抑制住了老鼠们的兴奋，并坦诚地告诉他们这很有可能会失败。贝克特点点头，表示认可。

"哦，我知道你能行！"露西说，"我真希望我们都能上去帮你。"

小奥交叉着双爪，说："我看不出这有什么用。"

"这就需要我们年轻的天才出场了，"P太太微笑着看着贝克特，"他写了一段给人类的警告。"

所有老鼠的目光都集中在了那张告示上。当露西和菲尼克斯把它拖过推拉门时，老鼠们都跟着他们，贝克特则扶着P太太回到了她的板条箱。

"你闻到什么了吗？"P太太再次摊开四肢躺在了她的靠垫上。

贝克特嗅了嗅，说："不太好的味道。"

"我感觉是从楼上传来的。"

贝克特还从来没上过二楼，现在他爬上了那根颜料搅拌棒，看到角落里有一个腐烂的热狗。尽管这里散发着臭味，楼上的公寓还是让他很感兴趣。自然，奥斯卡没做太多装饰，唯一的家具是一张破布床；但这是两个宽敞的板条箱，中间还咬出了一个漂亮的拱门。

当贝克特在雨水管道里处理热狗的时候，菲尼克斯正在把告示钉回原处。在黑暗中一边用爪子固定住告示，一边用牙齿从门上拔钉子并不容易，但下方的鼠群给了他很多鼓励。

重新钉好告示后，那天晚上就无事可做了。但除了P太太，几乎没有老鼠睡觉。大多数老鼠都焦急地聚集在廊桥前，等待着决定命运的黎明来临。

天终于亮了。第一批慢跑者出现了，西区公路变得越来越拥挤。河上也一样，渡船和水上巴士把工人们从新泽西载来了，这是每一个工作日早上都会发生的事。当太阳升得更高时，唯一不寻常的事是一只海鸥飞进了廊桥中一扇破了的窗户，在屋梁下盘旋了两圈后又飞出来了。

老鼠们的情绪逐渐由焦虑转为谨慎乐观。到了中午，还没有拆迁队的踪迹，奥古斯都又站到了电话簿上，提醒老鼠同胞明天是选举日。

"如果你当了市长，谁来当警卫呢？"一只老鼠问。

"我会任命一只年轻健康的老鼠。"奥古斯都说着，直接望向了小奥。

小奥惊呆了。他一心想把大家集合起来去游泳和潜水，唯一的顾虑是怕菲尼克斯再出风头。他从没想过自己已经长大了，能担当如此的重任。

但他马上就接受了这个提议。更让他开心的是，疲惫的菲尼克斯要回到板条箱去小睡一会儿。

"我们去船坞吧！"小奥提议说。

露西准备和他们一起去。就在这时，她看到P太太出现在门口。露西走过去，P太太给了她一瓶自己为老鼠们收集的药片，嘱咐她撤离时带上。

"实际上，我们可能不需要撤离了，"露西告诉她，"到现在还没有人类出现。"

她话音刚落，码头就颤抖起来。

14

臭鸡蛋

P太太差点儿把药瓶掉到地上。

"地震了？"她猜测道。

露西不知道地震是什么，P太太解释说地震就是地球轻轻地咳嗽了一下，她年轻时经历过一次。但随着颤抖加剧，P太太认为这不只是咳嗽那么简单，她派露西到廊桥门口去看看。与此同时，鼠群也冲到了那里，老鼠们惊恐地看着三辆拉货的平板大卡车开到了码头上。一辆载着推土机，一辆载着挖掘机，还有一辆是大型垃圾装卸卡车。一起来的还有一辆载着一大卷铁丝网的轻型卡车，一辆皮卡车和一辆绿色面包车。

正是这辆绿色面包车导致了拆迁人员的迟到。这辆车属于一个名叫尼尔·萨利文的爆破专家，大家都叫他萨利。萨利住在布鲁克林，有工作需要去曼哈顿时，他通常会从巴特利隧道过来，就像今天早上一样。但不巧的是，今天早上美国总统正好在城里为联合国发表演说，为了加强安保工作，警方对桥梁和隧道里的车辆进行随机搜查，萨利的车被拦了下来，他本人也被扣下了。事实上，萨利很清楚通过城市隧道运输炸药是违法的，不过二十年来，他从未被拦下来过。可这一次，他不小心把上次工作剩下的几个雷管落在了面包车后面的车厢里。当他到达警局时，他被允许拨打一个电话，于是他打给了雇用他的机工长。机工长又打电话给了雇用他的房地产开发商。开发商是一个名叫P.J.维克斯的有钱有势的人，他打电话给了他的双人网球搭档——副市长。副市长又打给了警察分局。最终，萨利被释放了，但这一系列事件导致拆迁延误了六小时。

老鼠们自然对此一无所知，他们陷入了一片混乱，至少绝大多数是这样。小奥和他的伙伴们正在摇摇晃晃的船坞上嬉戏，他们对此毫无察觉；菲尼克斯正在纸做的巢中熟睡；而贝克特则沉迷于《美国科学家》上一篇关于老鼠迷宫实验的文章，也没有留意外面的事。

露西冲回P太太家里，告诉她，她对人类和机器的判断是正确的。然后露西冲回板条箱，告诉贝克特，他也说对了，并把他拖到了廊桥门口。这时刚好有两个人类过来了，贝克特忍不住探出头去看。

"你瞧瞧，"萨利站在告示前面说，"老鼠在给我们警告呢！"

"小孩的恶作剧罢了，"机工长说，"他应该进少管所。"

"也许他能在里头学学书法。"萨利大笑着说。

机工长也笑起来。

"给我儿子看看，"萨利说着，从口袋里掏出手机，"他有一只宠物鼠，白毛，红眼睛。"

他拍了一张照片，机工长也拍了一张。

"算好你需要的炸药量，"机工长说，"我们做事可是很精确的，不是吗？"

萨利耸了耸肩，说："这么点儿活儿很容易搞定，用不了多少炸药。"

"今天太晚了，先想好把你的炸药放哪里吧，我们把其他事安排好，明天一早就开工。"

"帮我开一下门，好吗？"

虽然贝克特掌握了他们的书面语言，但他们的口头对话他却一个字也听不懂。因此，当门被打开时，贝克特和其他老鼠一样吓了一跳，并立即奔向板条箱，把尘土扬得到处都是，这导致萨利一走进来就开始打喷嚏。一直到他检查支撑梁时，他还在打喷嚏。就算这样的动静都没有吵醒菲尼克斯，最后还是露西和贝克特把他从窝里拽了出来。菲尼克斯从板条箱里透过廊桥的门往外看，惊讶地看到人类检查员和巨大的机器就在外面！

"人类看到你的警告了吗？"他问。

贝克特哼了一声，说："但我感觉他们并不相信。"

萨利走出码头大楼，一分钟后，他推着一辆载着小箱子的手推车回来了。他把小箱子放进屋里，把手推车推到外面，用肩膀顶了一下门。伴随着刺耳的声音，门关上了。

菲尼克斯跟着露西和贝克特走到门口，看着萨利爬进他的绿色面包车离开。平板大卡车也开走了，只留下推土机、挖掘机和垃圾车。剩下的工人正在廊桥前解开铁丝网。把铁丝网竖起来后，他们在上面开了一个门，挂了一些标志，然后也钻进皮卡车离开了。

老鼠们开始从躲藏的地方爬出来。他们首先检查了外面赫然耸立的不祥机器，然后他们回到门内，聚集在神秘的箱子周围。奥古斯都嗅了嗅，宣布里面装着臭鸡蛋。

"他们为什么要带臭鸡蛋来？"最年轻的老鼠长老问。

"他们想用这种气味把我们赶出去。"奥古斯都猜想。

"我喜欢这个味道。"年纪排在中间的老鼠长老嗅了嗅，说。

就在老鼠们讨论这一气味时，贝克特告诉他们，箱子里装的是炸药。但大家都忙着东嗅西嗅，没有谁听他说话。露西"嘘"了一声，让贝克特重复了一遍。

"这旁边写着'炸药危险'。"他说。

鉴于贝克特准确破译了门上的告示，现在老鼠们都很信服他。大多数老鼠听完很担心，而奥古斯都看上去尤为震惊。

"你是说他们要把我们炸成碎片？"他说。

"看样子是。"贝克特说。

"那我们还在这儿干什么？"

说完，奥古斯都就从码头后面冲出去。不一会儿，他带着浑身湿透的儿子回来了。他拖着儿子往廊桥外面走，其他湿漉漉的小老鼠也从后面的缝隙中挤了进来。

"小奥，你要去哪儿？"艾米丽叫道。

"我们去哪儿，爸爸？"小奥问道，"妈妈怎么办呢？"

"如果有人看见海伦，"奥古斯都叫道，"告诉她我们去了炮台公园，我建议你们也去！"说着，他把儿子从推拉门底下拖了过去。

他们离开后，鼠群四处乱窜，大家都忙着收拾东西跟奥古斯都走。就在码头陷入一片混乱时，P太太从她的箱子里挤了出来。

"老鼠们！"她声音洪亮地说。

老鼠们停在原地，仿佛被瞬间冻住了。接着，他们像被磁铁吸引的金属碎片一样，聚集在P太太身旁。和之前站在船桩上时一样，P太太把露西、贝克特和菲尼克斯拉到了身边。

"现在是黄昏时分，"P太太看了一下廊桥窗户，"人类肯定已经离开了，所以我们不要恐慌。让我们给这些……"她正准备说"小老鼠"，又突然想起了菲尼克斯不是老鼠，"给这些年轻人一次机会，让他们再次去破坏人类的电网，说不定能让人类改变主意。"

所有眼睛都看向了菲尼克斯，露西匆忙抓起了他的爪子。

"你愿意去吗？菲尼克斯？"她问他。

"我可以试试。"他左边的胡须又颤抖了一下。

在绝境中，老鼠们都愿意抓住最后一根稻草。他们交换着希望的眼神，志愿前往变电站。但P太太提醒他们，这一行动最好是秘密进行。

"就你们三个去吧，这是你们的主意。"她指了指露西、贝克特和菲尼克斯，"等天黑了再去。"

"我需要再睡一会儿。"菲尼克斯说。

回到板条箱里，这只睡眠不足的松鼠蜷缩在纸做的窝里，尽管露西和贝克特非常安静——贝克特甚至没有翻动一页书，菲尼克斯也没能睡着。他突然有一种奇怪的活着的感觉，这是自打从刮风的电缆上救了泰伦之后，他再也没有体会过的感觉。当漏进板条箱的光线开始减弱时，他放弃了打盹儿的想法。

老鼠队伍跟着他们三个从廊桥门下溜出来，一直走进了夜色中。他们相信贝克特的阅读能力，因此想知道铁丝网上的标志是什么意思。在城市灯光的照映下，贝克特毫不费力地破译了它们。

"这个写着'危险，禁止入内'。"说完，他指着另一个说，"那个写着'禁止闯入'。"

"我们现在算闯入吗？"一只小老鼠问。

"这要看从哪个角度说了。"贝克特说。

那只小老鼠假装听懂了，他和大家一起祝他们好运。接着，他们出发了，到达西区公路时，红灯正好亮了，他们赶快冲了过去。接着，他们又艰难地穿过排水沟。这时，还有不少人还在外面走动，有些人在遛狗，有些人站在酒吧和餐馆外面抽烟，有些人坐在门廊上听音乐。在一段路面上，一个打开的消防栓正在朝排水沟里喷水，他们三个不得不爬上人行道的马路牙子。后来，他们紧靠一栋旧公寓楼的地基前行，还是不免被空调滴水扫射了一番。最后，在路过一栋新修的高层建筑时，菲尼克斯一眼瞥见有色玻璃的另一边也有三只老鼠！他吓了一跳！接着，他辨认出这是他们的影像。他站住脚，心里有些懊恼：他居然觉得自己是只老鼠了！

"怎么了？"露西和贝克特异口同声地问。

菲尼克斯不知道怎样表达才能不侮辱他们，于是他假装一只爪子戳到了人行道的裂缝里。

终于，他们到达了变电站。这里看上去空无一人，所以他们径直走到大楼的角落处。露西给了菲尼克斯一个拥抱，贝克特则拍拍他的肩膀，说："别把自己烧焦了。"

又是一个闷热的、一丝风也没有的夜晚。菲尼克斯的爪子还有上次的肌肉记忆，记得最好的攀爬位置，因此这次爬起来比上次容易。很快，他爬过了旗杆上的支撑线，从管道溜进了楼上的房间。今天这里比上次还热，但幸运的是里头没有人。他焦急地环顾四周，寻找水平仪。哦，还在他上次藏着的导体后面！他把它推到大线圈旁，那对线圈的嗡嗡声似乎比以前更响了。如果他在线圈中间踮起脚，把水平仪举过头顶，那么水平仪刚好可以连上两个线圈。但他知道，一旦这么做，他的结局会和泰伦一样。

尽管他现在会把自己错认成老鼠，但他已经不再想结束自己的生命了。

琢磨这个难题的时候，他真希望露西和贝克特能在旁边帮忙。他想起了贝克特分别时对他的忠告，于是从壁橱里取出一块海绵，小心翼翼地把它放到了一端的线圈上——什么也没发生。他把水平仪举过头顶，小心地把它的一端放到海绵上，再把另一端放到对面的线圈上——还是什么都没发生。他深吸了几口气，伸手把海绵拿掉——哎哟！水平仪掉下来砸到了他头上，接着哐的一声掉到了地上。

他又开始第二次尝试，还是按照同样的步骤，但在拔出海绵之前，他伸出另一只爪子护住了头上刚被砸肿的地方。然而这一次水平仪砸在了他尾巴尚未愈合的伤口上！他怒吼一声，扔下水平仪，跑回了管道里。

阳台上有点儿冷。尾巴上的疼痛慢慢消失了，他抬起头，看见月亮正挂在东方两座闪闪发光的摩天大楼之间，看上去就像P太太的一块切达奶酪轮。他想起了P太太和露西怎样救了他的命，以及露西和她哥哥此刻正在人行道上满怀期待地等着他。

他回到房间里，准备再试一次。他重复了之前的步骤，但这次拉下海绵的时候，他动作快得像魔术师扯下桌布却让刀叉保持原位那样——水平仪砰的一声落在了线圈上，接着传来一阵吱吱的声音，周围一下子黑了。有那么一瞬间，菲尼克斯以为自己成功了，他让电网短路了！但紧接着，光线又回到了房间里。

他定睛一看，水平仪确实连在两个线圈中间，线圈也不再嗡嗡作响了。他想不到还能做什么了，于是从管道回到了阳台上。月亮仍然挂在东方的两栋摩天大楼之间，但它看起来似乎更亮了。他眨了眨眼，怕自己眼睛出了问题。但没错，月亮确实更亮了。

他突然明白了！月亮更亮了，是因为它周围的摩天大楼的灯全都熄灭了。不，不只是摩天大楼，所见之处，每一栋大楼都是黑的。菲尼克斯绕着阳台转了一圈，从各个方向透过栏杆的缝隙向外张望：整个城市黑得就像他被烧焦的毛一样。

15

格鲁耶尔奶酪和波罗夫洛干酪

"贝克特？"露西喊道。

"我在。"贝克特回答。

老鼠的夜间视力很好，所以露西很快就看到了靠在马路牙子上的哥哥。这时，一个人踩着滑板咔嗒咔嗒地从人行道上滑下来，他们赶紧躲到了排水沟里。

"你能相信吗？"露西惊奇地小声说。

坦白说，贝克特也不敢相信。一只松鼠竟然让一个大都会完全陷入黑暗，这实在是小概率事件。尽管贝克特消息极为灵通，但他也并不知道，由于长时间的热浪侵袭和成千上万台空调全力运转，整座城市的电网负荷已经紧张到了崩溃边缘，而这个重要变电站的突然短路成了压垮它的最后一根稻草。

连路灯都熄灭了。贝克特的眼睛渐渐适应了微弱的月光，他辨认出街对面停着的汽车，还有汽车后面建筑物窗户上微弱的闪光。一辆出租车开了过来，刹那间，车灯照亮了妹妹喜气洋洋的脸。

远处有人在叫喊，汽车喇叭也在响，好像人类也在庆祝黑暗。另一辆车经过，远光灯照亮了前方，贝克特发现露西的脸色变得焦虑起来。

"你觉得菲尼克斯还好吗？"她问。

"但愿吧。"贝克特轻声说。

他们重新爬回人行道，抬头往上看。由于应急发电机的作用，变电站内部的灯又亮了起来，但是室外照明却没有恢复，所以变电站的正面看上去和周围一样黑。他们不知道，菲尼克斯正尾巴朝下从大楼拐角往下滑。当菲尼克斯走上人行道时，一辆垃圾车从拐角处转过来，照亮了他。

两只老鼠马上冲了过去。

"你成功了！"露西尖叫着，给了他一个大大的拥抱。

"我真不敢相信。"贝克特的声音里充满了敬畏。

露西坚持要立即听到全部细节。菲尼克斯略过了水平仪砸中他头和尾巴的部分，花了大力气描述线圈爆裂的那一幕和吱吱的声音。

他正讲到自己在黑暗中从支撑线上滑下来的时候，两辆爱迪生联合电力公司的货车从拐角处疾驰而来，尖啸着停在了大楼面前。三个小伙伴畏缩着靠在楼边，眼看着人们从车里跳出来，噔噔噔地跑上变电站前的台阶。大门在他们身后砰的一声关上了，露西说他们应该马上把这件事告诉大家。

"他们一定不敢相信！"她尖叫着说。

但码头老鼠们并不需要被告知。大多数老鼠都留在廊桥前，坐立难安，不敢睡觉，因此他们目睹了整座城市灯光的熄灭。年轻的老鼠开心得跳起舞来，年长的老鼠则充满希望地环顾他们心爱的家园。小奥的妈妈海伦，当时正心烦意乱地考虑是否抛弃她漂亮的板条箱，和丈夫儿子一起搬去炮台公园，现在也决定留下来了。两位长老带着这个胜利的消息跑回廊桥叫醒了P太太。

P太太和他们一起走到外面，目睹了这一盛况。"我得承认，当我第一次看到那个可怜的家伙时，"她说，"我从没想过他会有这番成就。"

"灯熄灭后，还能看到星星！"几只爬上挖土机的小老鼠叽叽喳喳地说。

"你说得对，"P太太指着远处说，"那个星座叫作'大鼠'。"

"也许我们可以给它改名叫'大松鼠'！"另一只挖土机上的小老鼠叫道。

"这主意不错，"P太太若有所思地说，"但我们也不能忘记露西和贝克特的功劳。"

那群曾经反对露西和贝克特站上船桩的小老鼠，现在又欢呼起他们的名字。可老鼠们一直等不到三个小伙伴出现，欢呼声逐渐变成了担忧的窃窃私语。难道他们在变电站牺牲了？还有一件事，他们需要提醒人类是谁切断了电网。如果贝克特不回来，他们就没法儿写告示，所有努力就白费了。

实际上，露西、贝克特和菲尼克斯就在西区公路的另一边。由于没有电，红绿灯无法运行，车流因此一直没有停下来。他们等得太久了，菲尼克斯的兴奋渐渐变成了疲惫，最后他趴在爪子上睡着了。直到一个交通警察赶来，让车流停了下来，露西才叫醒菲尼克斯，一起冲了过去。

要不是菲尼克斯太累了，他们受到的英雄般的欢迎会更盛大。当老鼠们问他有什么愿望时，他一边打哈欠一边说："我想要打个盹儿。"

贝克特跟着打了个哈欠，露西也累极了。但P太太没有让他们马上回去休息，菲尼克斯需要把码头门上的告示取下来，贝克特得去拿笔，露西则要去拿火柴。

最后，他们三个都回来了。贝克特蹲在电话簿上，爪子里抓着笔，P太太划着了一根火柴，但直到火柴熄灭，贝克特还没动笔。

"你准备好了就告诉我，亲爱的。"P太太说。

贝克特思索着。最终，他点了点头，P太太又划着了一根火柴。在之前的警告下面，贝克特潦草地写上：我们警告过你们！

把告示钉回门上后，菲尼克斯终于能回到他纸做的小窝了，贝克特也跟他一起回家了。老鼠们散去后，露西打算扶着P太太回家，但P太太只是走到了廊桥门里面。

"我得盯着这些机器。"她说，"好孩子，去把我的靠垫拿来，好吗？再拿一小块切达奶酪。"

露西给她拿来了靠垫和一大块切达奶酪，陪她坐了一会儿。"您认为停电能阻止他们吗？"露西问道。

"我们只能期望如此。"P太太说着，掰了一小块奶酪递给露西，"就算没有成功，你们三个的行动也非常了不起了，至少我们进行了反击。"

"都是菲尼克斯的功劳，您应该看看他爬上大楼的样子！他还爬上了旗杆顶上的支撑线！"

"多亏你一开始把他从河里救了上来。你的仰慕者怎么样了呢？"

"小奥？他爸爸带他去了炮台公园，这样就不会被炸死了。"

"我们那位挥舞着剑的勇士！"P太太嗤之以鼻，"你发现了吗？那些需要携带武器的人，往往都是懦夫。好了，去睡觉吧，你都快趴在爪子上睡着了。"

当露西回到板条箱时，菲尼克斯和贝克特已经睡熟了。很快她也睡着了。早上醒来后，他们加入了大多数年长的老鼠，一起站在推拉门旁边，聚集在P太太周围。门外，推土机的犁刀在阳光下闪闪发光。此外，什么都没有改变。

然而，没过多久，一辆小货车就停在了铁丝网旁。由于停电，大多数拆迁工人和绝大多数纽约市民一样，在家里度过了一整天。但有报道称，市内到处都有抢劫和破坏事件发生，所以机工长决定顺道过来检查一下。他穿过铁丝网大门，在机器周围转了转。正当他准备回到车上时，他的目光落在了门上的告示上，他走过去，看得呆住了。一分钟后，他掏出手机，给他的姐夫打了个视频电话，对方是一名记者。接着他又给告示拍了张照片，和之前拍的一起传给了对方。

机工长把车开走后，老鼠们一致认为，他已经把贝克特的警告放在心上了。大部分老鼠回到了板条箱，贝克特和菲尼克斯也回去了。但露西注意到，很多年轻老鼠不见了，她以为他们去游泳了，并打算加入他们。然而，在半淹没的船坞周围，唯一的生物是一只孤独地站在木桩上的海鸥。

当她回到板条箱时，贝克特正专注于一本过期的《纽约客》杂志，没有在意她说的年轻老鼠的事情。但没过多久，其中一只老鼠就出现在了他们门口。

"我们能进来吗？"他问道。

露西一想到客人们会看到他们邋遢的箱子，就窘迫得说不出话来。因此，贝克特出来问他们有什么事。那只老鼠没有回答，却拖来一份当天的《每日新闻》。

"从哪儿弄来的？"贝克特兴奋地说。

"一家熟食店，"那只老鼠回答，"他们什么报纸都有。"

"唔……你介意给我看一看吗？"

"我们就是拿来给你的。"

"给我的？"贝克特呆住了。

另一只年轻老鼠给露西带来了一块塑料包装的奶酪。接下来是身材娇小的艾米丽，她独自为菲尼克斯滚来了一罐坚果。原来年轻的老鼠们去觅食了。他们中的大部分都是第一次穿越西区公路，幸运的是，在他们过马路时，一个警察暂停了车流。此外，他们在熟食店的运气也不错，可怜的店主正忙着处理冷冻室里融化的冰激凌，老鼠们因此得以在店里尽情挑选。但他们并没有为自己拿什么，他们只为露西、贝克特和菲尼克斯挑选了东西。三个小伙伴相视一笑，又对其他老鼠笑了笑。从彼此的目光里，他们都读出了友爱。

那块奶酪，是一种叫格鲁耶尔的瑞士奶酪，那绝对是露西吃过的最好吃的东西。菲尼克斯对他的坚果也有同样的感受：这罐也是混合坚果，而且是豪华版混合坚果！贝克特同样对这份报纸相当满意，他答应老鼠们念给他们听。但是他们拥挤的板条箱塞不下太多听众，于是贝克特带着报纸去找P太太。P太太还守在廊桥门口，等大家都聚集过来后，贝克特翻到报纸墨黑的头版，从白色大字写的标题念起："断电！"

然后他翻到第二页，开始读正文：

"昨晚临近11点，一场大规模的停电使整个曼哈顿以及皇后区和布朗克斯区的部分地区陷入瘫痪。据爱迪生联合电力公司发言人称，长时间的高温使电网严重超载。"

"发言人是什么？"有老鼠问。

"一个负责发言的人。"贝克特说。

"我还以为是菲尼克斯导致的断电呢。"另一个声音说。

"就是菲尼克斯导致的，"贝克特说，"只是他们现在还不知道。"

"继续读。"一只老鼠说。

贝克特接着读道：

"市长正在请求州政府和联邦政府的援助。"

"什么是联邦？"又有老鼠问。

贝克特也回答不上来，所以他读了下去：

"爱迪生联合电力公司的员工正在夜以继日地恢复电力，我们建议年老体弱者不要在高温下过度劳累。暑热或将缓解，预计今天晚些时候会有暴风雨。"

"暴风雨，太好了！"一只年轻老鼠说。

"嘿，菲尼克斯，"另一只说，"午饭后，你能给我们上一堂攀爬课吗？"

推拉门的内侧很快变成了攀岩墙。老鼠们并不像松鼠一样擅长攀爬，所以尽管菲尼克斯一直在耐心指导，他们还是会不停地摔下来。P太太被这有趣的场景逗得哈哈大笑。大部分年轻老鼠也玩得很开心，虽然他们都有点儿擦伤。

当天晚上，闪电照亮了城市天际线，雨水从廊桥屋顶的缝隙中漏下来。雨一直下到了第二天早上。年轻的老鼠们还想继续上攀爬课，这一次露西也加入了。尽管P太太坚持让老鼠们把她客厅里的靠垫拿来垫在地上，好让地面松软些，但露西根本用不着——她是极少数从不摔落的老鼠之一。

贝克特自然拒绝了这些活动。到了中午，太阳终于冲破云层后，他出门去寻找报纸了。小奥和爸爸眼看着他离开廊桥，他们挤在挖土机下，满脸羞愧、浑身湿透——他们昨夜在炮台公园一条湿淋淋的长凳下度过了漫漫长夜。等贝克特一穿过慢跑小路，他们就沿着廊桥边的横梁爬了出来，从后面的裂缝溜进去，爬上了他们的板条箱。海伦放小奥进去了，却把奥古斯都拦在门口，最后奥古斯都不得不爬下来，钻到铁桶旁边的燃料堆里待着。

小奥擦干身子，打扮一番，掰下一大块他爸爸心爱的波罗夫洛干酪。但当他朝门口望去，看到攀爬课的热闹场面时，他马上没了胃口。露西正站在那儿，眼睛简直粘在了那个丑陋的癞疮疤教练身上，艾米丽也是！小奥想把波罗夫洛干酪扔到菲尼克斯身上，但毫无疑问，攻击大英雄只会让他更丢脸。

当贝克特拿着报纸走回来时，他看上去很兴奋，所以攀爬课马上结束了。今天报纸头版的标题是《可疑之处？》，下面配着两张照片。一张是贝克特第一次写的警告："亲爱的人类，请不要再投毒了，离我们的廊桥远点儿。我们是爱好和平的生物，如果你们非要这么做，你们会后悔的。"另一张则是贝克特新加的那句："我们警告过你们！"正文从这一页的底部开始。

"今天早上，爱迪生联合电力公司恢复了皇后区、布朗克斯区以及曼哈顿54以上街区的电力，"贝克特用他轻柔的声音读道，"但曼哈顿下城区仍然处于停电状态。昨天我们推测这次停电是电网超负荷造成的，但是一件怪事引起了我们的注意，它将事件指向了完全不同的方向。尽管听上去很荒谬，但这次给纽约民众带来难以承受的痛苦，给城市经济造成数十亿美元损失的停电事件，也许是老鼠们故意为之的。"

老鼠们目瞪口呆地看着贝克特，然后，他们发出了由衷的欢呼。

"也许人类并不像他们看上去那么蠢。"一只老鼠说。

"'荒谬'是什么意思？"另一只问。

"我想就是'难以置信'的意思。"贝克特说。

"什么叫'数十亿'？"

"很多很多。"P太太说，"继续读，贝克特。"

贝克特接着读：

"问题的关键可能在于一个被规划改造为网球场的荒废西区码头。拆迁工人曾于周一在那里发现一张写在告示背后的警告，这张警告早些时候被张贴在码头大门上（见上图一）。人们早已知悉该码头被老鼠占领，但可想而知，拆迁工人以为这张警告是恶作剧，因此置之不理。当天晚上就发生了停电事件。昨天机工长再度回到现场，发现了警告上的附加警告（见上图二）。当然，这很可能是一场闹剧。据我们所知，老鼠不会写字，它们也无法造成全市范围内的大停电。"

老鼠们哄堂大笑。贝克特也笑着往后翻了一页，给大家看第二页上一张模糊的照片。

"看着眼熟吗，菲尼克斯？"他顽皮地笑着问。

这张照片正是在变电站楼上的房间里拍摄的：一个水平仪连接在两个线圈之间。老鼠们叽叽喳喳地拍着菲尼克斯的后背，贝克特又读了下去：

"停电的直接原因是爱迪生联合电力公司一处重要变电站出现故障。故障的原因则是一块金属，即一个水平仪，与两个高压线圈接触（见图）。据爱迪生联合电力公司发言人称，那天晚上变电站里没有人接近过这些线圈。这让我们产生了一个疑问：这个水平仪是如何出现在其间的？难道变电站真的是被要求公道的老鼠故意破坏的？'你是在异想天开吗？'码头项目的开发商P.J.维克斯对此嗤之以鼻，但爱迪生联合电力公司的发言人却相当谨慎。'嗯，这看上去不太可能，'她说，'但在检查完所有监控录像之前，我们不排除任何可能性。'截至目前，变电站电力仍未恢复，曼哈顿下城区也仍旧处于黑暗之中。"

老鼠们跺着脚，得意扬扬地甩着尾巴。当这场自发的庆祝活动平息下来后，P太太觉得有必要提醒他们不要放松警惕。

"我想我们最好打开他们留给我们的那个礼物。"她说。

她带着鼠群去了装炸药的箱子。箱子用挂锁锁住了，它的边缘和挂锁都是金属的，但侧面却是复合材料做的，看上去相对脆弱。因此P太太把所有老鼠集中起来，让他们分组轮流啃箱子。

她免去了露西、贝克特和菲尼克斯的任务，因为他们已经为此付出得够多了。贝克特高兴地读起了报纸，但露西和菲尼克斯还是加入了啃箱子的队伍。菲尼克斯最近吃的都是去了壳的坚果，他急需再次磨平门牙；另外，他也很喜欢团队合作，他打心眼儿里认可这种事。事实上，他隐隐开始对整个廊桥社区产生了一些认可的感觉。他认为弗洛姑奶奶就扮演着类似老鼠长老的角色，但可惜他们的森林里没有选举，也没有真正的领袖。如果人类威胁要砍倒所有的树，他确信松鼠们会缺乏组织，作鸟兽散，他们完全没有能力建立统一战线来共同对付敌人。

他们花了整个下午的时间，终于在箱子上打了一个小洞。一旦有了洞，再扩大就相对容易了。黄昏时分，他们已经打出一个大洞了，除了Ｐ太太之外，任何一只老鼠都可以挤进去。然而，箱子里有东西挡住了他们。

"看上去像蜡烛。"Ｐ太太说着，抽出了一根。

它是红色的，蜡质的，边上还印着字母。

"'炸药'，"贝克特读道，"蜡烛芯应该就是引线吧。"

他们把箱子里的二十四根小炸药全搬了出来。最初，他们计划把所有炸药扔出码头，直到一只老鼠提议，用它炸毁人类机器，大家立刻赞同。于是老鼠们把两根炸药和一盒火柴拖出了门缝。此时已经到了傍晚，北边的天际线再次被灯光点亮，但他们所在的城区还是漆黑一团。他们把炸药放进推土机下面的铲子和钢履带之间，年轻的老鼠们开始争执由谁来点燃引线。最后Ｐ太太站了出来，她认为如果有谁要承担被炸死的风险，那么应该是她。她赶开了所有老鼠，亲自点燃了引线。

点燃两条引线后，Ｐ太太扔掉火柴，以最快的速度摇摇摆摆地离开了。但这些炸药其实是用来动摇横梁的，它们爆炸的声音还没有汽车发动的声音大。P太太觉得自己的一把老骨头都要被震碎了，但推土机上没有留下任何划痕。

老鼠们只好回到了原计划。菲尼克斯帮着露西，一起把一根炸药从码头后的裂缝里拖了出去。眼看着炸药堆越来越小，P太太忍不住发挥了收藏鼠的天性——她的收藏里有蜡烛头，但还没有炸药呢！她偷偷地坐在两根炸药上，就像老母鸡坐在鸡蛋上一样。

年轻的老鼠们忙着玩把炸药投进河里的游戏，要不是贝克特守在这儿看报纸，P太太就可以神不知鬼不觉地把炸药运到她的藏宝室里了。虽然她很钦佩贝克特的定力，但她巴不得他这会儿能回自己家看书。最终她失去了耐心，把她的"战利品"直接搬走了。事实上，贝克特正专注于都市版上的一篇文章——《避免无意义的竞争》——他甚至都没有抬头看过一眼。

16

葵花子

但P太太并不是神不知鬼不觉，小奥当时正在他家顶层的板条箱里看着呢。那天晚上，等到大家都上床睡觉后，他才冒险爬了下来。

他想在没人取笑的时候，练习一些菲尼克斯示范过的攀岩动作。他从奥斯卡曾经藏身的那堆航运货盘开始爬，逐渐转向更具挑战性的攀岩墙。但他也并非神不知鬼不觉，当他第三次从门上摔下来时，他的爸爸从燃料堆里爬了出来。

"怎么了，小伙子？"奥古斯都问。

"没什么。"小奥很不高兴被发现摔在地板上。

"在我看来这可不是没什么，我一直看着呢，你有进步。"

小奥站起来，掸了掸尾巴上的灰尘，问："你真这么认为？"

"当然了。"

小奥感到了安慰。他解释说，如果需要再次爬上变电站，他想要站出来。奥古斯都称赞了他的想法。毕竟自从海伦对他变得冷淡以来，他一直在考虑回到炮台公园——公园里一个热狗摊下，一只迷人的、身上沾着芥末酱的下水道老鼠曾对他抛过媚眼。而且，是老鼠就会离开正在下沉的船，这里竟然没有谁能理解他离开廊桥的远见卓识。不过，现在儿子的英雄行为也许能抹去他的耻辱。等等！这是耻辱吗？如果他声称自己是去炮台公园求助，情况也许会反转呢？等事情过去，可以进行特别选举的时候，他说不定仍是第一人选！

他偶然发现了奥斯卡藏在燃料堆里的一袋巧克力豆，于是分了一些给小奥保持体力。在爸爸的怂恿下，小奥在攀岩墙上练习了整整一夜，他真的取得了进步。最后，他拖着疲惫的身躯回到板条箱。奥古斯都一开始跟着儿子，后来他想了想，还是回到了燃料堆里。

天刚亮，露西就起床了。她没有叫醒菲尼克斯，却把她的一块格鲁耶尔奶酪放到贝克特的鼻子下面，想引诱他去拿晨报。通常情况下，贝克特会翻个身继续睡过去，但是今天他和她一样好奇头条新闻的内容，因此他接受了这一"贿赂"。

看来他们附近的电力应该是在夜里恢复了，证据就是西区公路上的红绿灯又重新开始工作了。当贝克特过马路的时候，空调滴水也证实了这一猜测。报摊前聚集的人远超往日，他不得不在一个储水管后面躲了很长时间。最终他冲过去，拖走了一份报纸的头版。

人们全都涌到了人行道上，有的遛狗，有的赶着去上班。等贝克特终于穿越重重阻碍回到码头，所有老鼠都正在那儿等他，包括菲尼克斯和小奥。露西也把P太太从板条箱里请了出来，一起等着他读报纸。在开始读报之前，贝克特把头版举起来展示给大家看。露西的心猛地一跳，其他老鼠也羡慕地吸了一口气。虽然报纸在路上弄脏了，但他们还是一眼认出了那张硕大的、有纹理的照片上的那个身影。

菲尼克斯的第一反应是：他们是怎么搞到他的照片的？然后他想起了变电站檐口下的监控摄像头。一定是在他爬上旗杆的支撑线时，摄像头拍下了他的影像。

"这上面说什么？"P太太问贝克特。

贝克特大声读出了那个奇怪的标题："老鼠！去他的老鼠！"接着，他开始读正文：

"昨天临近午夜时，曼哈顿下城区开始恢复供电，停电事件告一段落。多亏一帧来自变电站顶部摄像头的惊人的监控画面（见上图），对停电原因的调查也落下帷幕。监控的时间显示，这帧画面拍摄于变电站瘫痪前几分钟。由于夜晚光线昏暗，画面质量不佳，但一位被请来参与调查的动物学家声称，破坏者可能是一种新的登山鼠，他们大概率已经适应了摩天大楼的生活。"

贝克特对菲尼克斯笑了笑，菲尼克斯也说不清自己听到"登山鼠"的叫法是什么感觉，但他身边的几只老鼠拍了拍他的肩膀。

"目前网络上发起了一个日益壮大的运动，"贝克特继续读道，"人们支持这些顽强的老鼠保住他们的码头。对此，我们询问了码头翻新工程的开发商P.J.维克斯，是否值得为几个网球场对城市造成如此重大的破坏。'这个故事一定是媒体编出来的'，维克斯先生宣称，'你们这些记者应该对此感到羞愧！搞得啮齿动物真的能和我们讨价还价似的！你想听我的意见？老鼠！去他的老鼠！这就是我的意见！'"

一些老鼠叫骂起来，另一些则开始摩拳擦掌。但是P太太的态度和上次一样并不乐观。

"听起来，人类还是要继续拆迁。"她忧心忡忡地说。

贝克特严肃地点了点头。

"天哪！"最年长的老鼠长老绞着爪子说，"如果他们回来了，我们怎么才能阻止他们呢？"

大家看向了菲尼克斯。

"你还愿意再上去一次吗？"那位长老问他。

菲尼克斯摇着他依然刺痛的尾巴，但是面对老鼠们眼中的希望，他只能回答："是的。"

鼠群欢呼起来。然而，贝克特一开口说话，欢呼声立马停止了。这对贝克特来说很不同寻常——不久之前，露西和P太太还是鼠群中"唯二"对他稍加注意的。

"人类不会愚蠢到再次把那个水平仪留在那儿的，"贝克特预测道，"他们不会留下任何可以引起短路的东西。"

"你很可能是对的。"菲尼克斯表示同意。

让大家吃惊的是，小奥开口了。他说："我知道该怎么做。"

自从他和他爸爸逃跑后，几乎没有老鼠正眼看他，因此他的开口引来了一片嘘声。但小奥昂着头坚持说了下去："我的意思是，我们可以用他们的炸药炸掉那些线圈。"

这是个好主意，只有一个缺点——"我们把所有炸药都扔进河里了。"露西哀怨地说。

小奥望向了P太太。一开始，P太太还有些不安，但随后她善意地笑了。"好吧，我确实藏了两根，"她承认道，"以应对紧急情况。"

老鼠们一致认为，现在人类卷土重来就是紧急情况。

"但这些炸药能起作用吗？"最年长的老鼠长老问。

深思熟虑后，P太太向贝克特询问意见。大家立即安静下来，犹如虔诚的信徒一般，热切地等待着他的回答。

"没有更好的办法了。"贝克特说。

小奥站得笔直。他藏在燃料堆里窥视的爸爸仿佛看到了自己的竞争对手。

"当然，菲尼克斯必须把炸药运到那儿。"贝克特继续说，"另外，我们还得再写一条警告，让他们知道是我们做的。"

"菲尼克斯，能不能请你再把告示取下来？"P太太问。

但菲尼克斯还没来得及行动，小奥就从门缝里冲了出去。以他现在的能力，他毫不费力就爬到了告示上，虽然拔出钉子不太容易，但他也做到了，只掉了一个钉子在地上。当他把告示拖回码头，交给贝克特时，他给老鼠们留下了深刻的印象。

露西给贝克特拿来了笔。贝克特写道："亲爱的人类，这是对你们的最后通牒。如果你们要夺走我们的码头，我们将再次夺走你们的电力。"

他又画了一只老鼠作为签名，小奥把告示拖出去，重新钉在了门上。大多数老鼠其实不希望走到这一步。菲尼克斯更是不希望，他才不想去炸毁线圈。但就在中午时分，三辆小货车和那辆绿色面包车再度停在了铁丝网旁，拆迁工人鱼贯而入，萨利和机工长也来到了廊桥门口。他们读了门上的告示，难以置信地面面相觑。

"我们的'最后通牒'，"机工长说，"这件事越来越疯狂了。"

"我没想过我会这么说，"萨利说，"但是我开始相信确实是这些老鼠做的了。如果我再去放炸药，那真是罪大恶极。"

"我也不确定该不该怪你。"机工长说着，掏出了手机。

他又拍了一张照片，传给了他的姐夫，然后打了一个简短的电话。

"维克斯听起来不太高兴。"他反馈说。

"可以预料。"萨利说。

"他打算亲自到场督促我们，我们就等他来吧。"

老鼠们在门下焦急地注视着。几个工人从大门走出去，坐在一辆货车上开始听球赛。其他人则靠在那些大机器的背阴面，把葵花子扔进嘴里，比谁吐壳吐得远。

直到一辆黑色小轿车停在萨利的面包车旁，吐葵花子壳的比赛才宣告结束。司机先下了车，小跑着为一个身穿米色夏装，戴着太阳镜的男人打开车门。那男人油光的背头在阳光下闪闪发光。

维克斯看上去比机工长年轻得多，但机工长还是毕恭毕敬地向他问好，并把他迎到廊桥大门前。

"难以置信，是吗，先生？"机工长说，"我想说，不能犯同样的错误。"

"你这话是什么意思？"维克斯厉声问。

"您不觉得继续拆除会冒很大风险吗？"

"你难道想屈服于这个……这个……恶作剧？"

机工长还没来得及回答，一个汗流浃背的慢跑者就在铁丝网旁停了下来，喊道："离那些老鼠远点儿！"

"对，他们也有自己的家园！"和他一起跑步的伙伴也喊道。

维克斯对着他们冷笑了一声，说："疯子。"

"这么说，您不相信老鼠们是幕后黑手？"机工长说，"即使有监控录像作证？"

"你疯了吗？就算是他们破坏过那个变电站，也不可能故技重施。现在开工吧！"

机工长有点儿犹豫。

"马上开工！否则我将找人代替你的位置！"

机工长只好忍住担忧，让萨利准备炸药。他和萨利推开廊桥门，老鼠们一哄而散。萨利一边走进去，一边打喷嚏。他走到箱子前，拿出钥匙圈，用上面最小的一把钥匙打开了挂锁。

几秒钟后，他一脸惊愕地走了出来。维克斯抱着胳膊，不耐烦地咂着舌头。

"又怎么了？"

"他们在箱子上咬了一个洞，先生，"萨利说，"所有的……呃……炸药都不见了。"

维克斯要眼见为实，于是萨利领着他走进去，给他看那只空箱子。

"他们怎么能……"维克斯一把扯下太阳镜，气愤地四处张望，"我们不是已经给这些害虫下毒了吗？"

"我们确实投放了远超数量的毒药。"萨利说。

"好吧，你得再弄些炸药来。"

"那要明天早上才能弄来。"

维克斯开始骂骂咧咧，他不习惯接受挫败。他怒气冲冲地戴上太阳镜冲了出去，要来了推土机的钥匙。

"我要亲自把这地方铲平！"他喊道。

他发动推土机，试了几次之后，终于成功了。可是他刚松开离合器，推土机就以他始料不及的速度向前冲去，铁铲正面撞上了廊桥，维克斯的胳膊也撞到了方向盘上。他尖叫着抱住自己的胳膊，跳下推土机，冲进了他的小轿车，速度快得连司机都没来得及给他开门。

"明天早上第一件事！"他跳进后座前喊道，"我要让这个地方消失！"

17

巧克力豆

小轿车飞驰而去后，推土机司机把推土机从廊桥倒了出来，其他工人哈哈大笑。萨利和机工长商量了一下炸药的问题，也钻进面包车离开了。

但推土机的撞击还是把老鼠们吓坏了。通常情况下，他们绝不会在白天成群结队地离开码头，但现在他们全都爬出来检查损毁状况，甚至P太太——不，甚至奥古斯都也来了。他们沮丧地盯着廊桥侧壁上的新裂缝。最年长的老鼠长老问贝克特是否听得懂人类的对话，贝克特摇了摇头。

"你觉得他们会怎么做呢？"一只老鼠尖声问。

对此贝克特倒是可以预测。"准没好事，"他说，"我用我的尾巴打赌，他们肯定会带更多的炸药回来。"

鼠群附和了他悲观的判断。但露西指出，要不是P太太，码头早就被炸毁了。

"确实如此，"最年长的老鼠长老赞同道，"清空他们的炸药箱显示了非凡的远见。"

"留下两根炸药亦是如此。"年纪排在中间的老鼠长老说。

"经历的事情越多，智慧就越多。"最年轻的老鼠长老说。

这些话让奥古斯都有点儿难堪，但当小奥提出愿把炸药带到变电站顶部时，他又精神振奋起来。

"我想菲尼克斯是一个合适的人选。"P太太尽可能委婉地说，"露西，亲爱的，你能帮我一把吗？"

不到五分钟，她们就回来了。P太太拿着一根炸药，露西举着一盒火柴，尾巴上还绑着九或十根橡皮筋。当奥古斯都发现他们想让菲尼克斯而不是小奥去，他再也忍不下去了，他不顾大家的冷眼，挤进了鼠群里。

"别着急。"他挤到P太太跟前说。

"你度假回来了？"P太太说。

"我是去搬救兵的，"奥古斯都粗暴地说，"只是运气不好。"

"哦。"P太太笑了，"那现在呢？"

奥古斯都站直了身子，厌恶地斜睨着菲尼克斯，说："我只是不明白，你为什么要把这么重要的任务交给一个不是同类的东西。"

"因为当初就是菲尼克斯爬上去的。"P太太说，"另外，我已经把他当作我们的同类了。"

"在我看来，他就不是同类。你认识他才多久？几周？你认识我儿子多久了？你是看着他出生的！难道他不应该被优先考虑吗？"

"这不是由我个人的偏好决定的，而是由谁更适合这个任务决定的。菲尼克斯到过那儿，他了解那儿的布局。"

"还有，小奥跑得很快，但并不擅长攀爬。"一个声音叫道。

许多声音附和。但这时菲尼克斯开口了，他说如果小奥愿意去，他并不介意。这是真心话，毕竟谁想背着炸药爬上又热又潮湿的变电站呢？

"很好。"奥古斯都搓着两只爪子，满意地说。

P太太很确信菲尼克斯是这项任务的第一人选，但她不能强迫他去。奥古斯都把炸药放到小奥背上，艾米丽从露西尾巴上取下四根橡皮筋。奥古斯都用其中两根把炸药固定在小奥背上，一根绕过胸部，一根绕过腹部；艾米丽则用另外两根把火柴盒固定在炸药上。

"会不会太重了？"她问。

"不重。"小奥一边说，一边注意露西是否在看他。

但露西的注意力都在P太太身上，P太太已经被这些突发事件搞得精疲力竭了。露西扶着她一只爪子，把她送回了廊桥。贝克特和菲尼克斯跟在后面，捡起那些散落的靠垫，把它们送回P太太的客厅。等P太太重新躺在她心爱的靠垫上，露西走进医务室去热了一点儿肉汤。但她端出来后，P太太并不想喝。露西担心地望向她哥哥，贝克特马上跑到奶酪仓库去拿了一大块曼彻格奶酪。对于这个，P太太倒是愿意吃了。正当她享用美餐时，最年轻的老鼠长老出现在了客厅门口。

"唔，大家都在等你呢。"她说。

"我恐怕哪儿也不能去了。"P太太疲惫地说。

"不是说您，太太。"

贝克特用胳膊肘推了推妹妹，说："小奥不想让你错过他的英勇行为，露西。"

"你也应该一起去，菲尼克斯，作为后援。"P太太建议。

露西和菲尼克斯疲惫地跟在老鼠长老后面。出发前他们绕道回了趟板条箱，吃了些小零食。露西啃了点儿格鲁耶尔奶酪；菲尼克斯则打开了那罐新的坚果，他吃了一个腰果，又掏出一个他从未吃过的白色的圆形坚果，一口咬下去，一股奇妙的香味充满了他的鼻腔。

"那是什么？"露西嗅了嗅。

菲尼克斯不知道那个东西叫夏威夷果，但这并不妨碍他给露西找了一个。虽然坚果算不上大多数老鼠最喜欢的食物，但是露西很喜欢夏威夷果的味道。菲尼克斯在罐子里翻来翻去，又找到了四个，因此他们在出发前又各吃了两个。

贝克特由于那天早上已经在疲惫中完成了取报纸的任务，现在他很高兴能留下来和P太太待在一起。他告诉她，她的曼彻格奶酪已经吃完了，听闻这个消息，P太太叹了口气。

"我想不久以后，我的切达奶酪也会吃完的。"P太太难过地说，"奥斯卡也许是当面一套背后一套，但他是一个很好的拾荒者。当然，我的藏宝室并不重要，如果……"

她的声音低了下来，但贝克特知道她要说什么：如果码头被毁了，我也将不复存在了。

"我们会给您的奶酪补货的，"他试图让她振作起来，"您想要什么我们都给您找来。"

P太太露出了笑容，说："你知道吗，贝克特？其实我有一个想法，如果我们真的能创造奇迹，躲过这一劫……"

贝克特坐在她对面的靠垫上，问："然后呢？"

"露西似乎不太喜欢你们的板条箱，我这儿又有两个空箱子，如果你们愿意搬到我这儿来，那我真是再开心不过了。"

"真的吗？菲尼克斯也能来吗？"

"当然，如果他愿意留在这儿。你喜欢他吗？"

"唔……他是个挺安静的家伙。"

"我一直在给他制作生发剂。"

这个词贝克特倒是没听说过。

"一种促进毛发生长的东西。"P太太解释说。

"我想他会喜欢的。"

吃完奶酪，P太太又睡着了。贝克特踮起脚爬上那根颜料搅拌棒。楼上的板条箱还像他记忆中一样豪华，露西会喜欢的。即将真正生活在这里的前景促使他迫切地想要知道变电站那边的进展，他匆匆下楼，给P太太身上盖了一块手帕，就出发了。

当他到达变电站时，阳光正从西边倾洒向这一片街区，把那栋没有窗户的大楼染成了蜂蜜色。一名女警察正在前门台阶上站岗。几只老鼠聚集在停着的汽车下面，在马路牙子边观望小奥攀爬大楼的进展。尽管背负重物，小奥却表现得相当不错，已经轻松地经过了他之前摔下来的地方。

露西和菲尼克斯正站在其中一辆车的前轮后面。看到贝克特，露西还没来得及责备他丢下P太太，贝克特就解释说她吃了点心，这会儿睡得很熟，他还告诉了他们她的入住邀请。

"那上面简直是一座宫殿。"他说，"她想要你也去，菲尼克斯。"

"这听起来是不是很棒，菲尼克斯？"露西叫了起来。

菲尼克斯听到他们把那些密闭的板条箱称作宫殿，不由得笑了。

贝克特眯起眼睛望向小奥，问："你们觉得他能切断电源吗？"

小奥已经爬到檐口的一半了。尽管这天没有风，但每当小奥看向西边，太阳就照得他眼花。一开始，炸药和火柴还不算特别沉重，但现在他每爬一步，它们就重一分。他抬起头来，前路还长得令人沮丧，可菲尼克斯竟然爬得那么顺利，这真不公平！

他有一种不祥的预感，他得掉头回去了。他往下瞥了一眼，看见爸爸正坐在一辆红色轿车的后保险杠上，指着自己的胸膛，笑得有些古怪。为什么他指着胸膛？小奥低下头，看了看自己的胸膛。他发现绑在胸部的橡皮筋下面有两个肿块，他伸出舌头，勾出来一样东西：一颗裹着绿色糖衣的巧克力豆，一定是爸爸在绑橡皮筋的时候偷偷塞进去的！另一颗巧克力豆的糖衣是黄色的。这两颗巧克力豆给了他力量，他又向上爬去。

但即使是爸爸的鼓励以及巧克力豆也没能帮得了他。他每爬一步，控制力就减弱一分。他感到背上的重物在拉着他下坠，他现在爬得太高了！他又迈出一步，全身都在颤抖！他要掉下去了！

他低头看了看胸膛。这一次，他咬断了橡皮筋！绑带断裂，炸药掉了下去。在它落地的同时，他松了一口气。

当炸药和火柴盒落到人行道上时，女警察用一只手遮着刺眼的阳光，朝小奥所在的方向眯起了眼睛。接着，她朝发出响声的地方走过去。露西见状，立刻跳上马路牙子，朝炸药冲了过去。贝克特和菲尼克斯交换了一个眼神，也冲了过去。贝克特抓起火柴盒，菲尼克斯则帮助露西，各自抓起炸药的一端。等女警察走到街角时，人行道上已经空空荡荡，只剩一些没人清理的干瘪的狗屎。

在他们上方，小奥还紧紧贴在墙上。但是没了炸药，他继续爬上檐口也没有意义，所以他开始往回撤。他不得不用后爪盲目地摸索，这导致他爬得很慢，即便没了负重，他的肌肉也渐渐力竭了，他又开始发抖。当他爬到上次摔下去的那个地方时，他的爪子松开了。

他噗的一声摔到了人行道上，但声音并不大，那名已经回到台阶上的女警察甚至没有朝这边看一眼。露西领着一群老鼠跑过去，把他抬到了阴沟里。小奥昏昏沉沉地坐起来，刚刚触地的右半边身子从头到尾都疼得发抖，但他满脑子只想着为自己的失败向爸爸道歉。他挣扎着伸出爪子，一瘸一拐地走向那辆红色轿车，但后保险杠上却没有看到奥古斯都的影子。

"我爸爸呢？"他问道。

真相是，那根炸药一落到人行道上，奥古斯都就厌恶地从保险杠上跳下来，直奔炮台公园而去了。因此大家只能告诉小奥，他的爸爸已经走了。

"我没想到老鼠竟然能爬那么高，"菲尼克斯安慰他，"你差一点儿就成功了。"

"我真不敢相信你爬了那么远！"艾米丽也脱口而出，"在那么高的地方是什么感觉？"

"白费力气。"小奥嘟囔着，伤心地看着那根炸药。

三位老鼠长老中，只有最年轻的那位跟着他们长途跋涉来到了变电站，她问菲尼克斯是否愿意再次尝试。

"如果你拯救了码头，"贝克特推了菲尼克斯一下，"P太太可能会给你一个惊喜。"

"什么惊喜？"菲尼克斯问。

"一瓶生发剂。"

"一瓶什么？"

"能帮助你的毛发长回来的东西。"

事实上，露西恳求的眼神已经足够让菲尼克斯下定决心了。现在长回一些毛发的承诺构成了额外的动力。

小奥酸溜溜地看着露西和贝克特用橡皮筋把炸药和火柴绑到了菲尼克斯背上。有一瞬间，他甚至担心露西会给菲尼克斯一个好运之吻。但即便露西想这样做，她也来不及了，老鼠长老催促说："那个人正看向别处！快！"

菲尼克斯从阴沟里爬出来，穿过人行道，来到了大楼的西南角，开始攀爬。露西攥住了贝克特的爪子；小奥则拒绝观看——呸！没门儿！可他情不自禁想要看。事实上，阴沟里所有的老鼠都紧紧盯着菲尼克斯。

在前几次攀爬中，菲尼克斯并没有停下来休息过，但这次他身负重物，而且因为阳光刺眼，攀爬的难度陡增。他爬到小奥扔炸药的地方，停下来休息。小奥发现自己在偷偷祈祷菲尼克斯也会丢脸，但与此同时他又不想失去码头，所以当他看到菲尼克斯继续向上爬时，他并没有因嫉妒而完全崩溃。当菲尼克斯爬上檐口较低的那根横档时，露西紧紧地攥住哥哥的爪子，贝克特疼得叫出了声。

菲尼克斯小心地移到大楼中间，全神贯注地盯着旗杆。下方的人行道变得模糊了，他背上的炸药已经歪到一边，因此他在起跳之前重新调整了一下。完美着陆！但就在距离旗杆顶一半距离的地方，他惊恐地停了下来，怀疑自己的眼睛出了问题——他发现那根支撑线不见了！他扭头看了看监控摄像头，见鬼！一定是人类看到他攀爬的画面后，移除了支撑线，可没有这根线，他就没法儿到达上面的栏杆。

菲尼克斯很震惊，自己此刻竟然如此难过。不知道从什么时候起，他已经彻头彻尾搅进了码头老鼠的命运中，而他现在唯一能做的却是撤退。

掉转头时，他听到了一阵拍打翅膀的声音。是旗子被风鼓动的声音吧，他想。

但是，他错了。

18

烂 番 茄

当露西看到一只大鸟从天而降，把菲尼克斯从旗杆上掳走时，她吓得头晕目眩，跌倒在哥哥身上。贝克特给露西提供不了多少支撑，他几乎也晕了过去。至于其他老鼠，他们眼看着最后的希望被夺走，都尖叫起来。女警察听到叫声，好奇地朝路边走来。

女警察来到路边。此刻，老鼠们在停着的汽车底下四处逃窜。露西顾不上左右看就冲上了马路。幸运的是，路上没有车，她没被撞扁。

"他还活着！"露西看着那只大鸟拍翅冲向河边，菲尼克斯还在它爪子里扭来扭去，"快跟上！"

她掉头转向排水沟，朝夕阳冲去，脖子上的铃铛叮当作响，速度快得贝克特和其他老鼠都跟不上了。她满脑子想的都是，如果菲尼克斯从大鸟的爪子下挣脱，他们没准儿可以接住他。但是这一路上阻碍很多，此时正是人类的下班高峰期。而且，就算老鼠们不需要躲避出租车或者躲在邮箱下面避开人类，他们奔跑的速度也赶不上鸟儿飞翔的速度。等他们到达西区公路时，那只大鸟已经飞到河上，朝北方盘旋而去。

留在廊桥上的老鼠们此刻正在推拉门里焦急地等待。即使是小奥的妈妈海伦，也从板条箱里出来了。他们一看到回来的老鼠们的脸色，就知道事情并不顺利。

"怎么了？"最年长的老鼠长老挠着爪子问。

露西并没有停下脚步，她跑到廊桥后面，穿过缝隙，跑上船坞。一架货运直升机正在河上盘旋，那只抓走菲尼克斯的该死的大鸟踪迹全无，顺着哈德逊河向北望去，只能看到下一座廊桥。

露西惊慌中能想到的唯一办法就是去找P太太。P太太睡得正香，但露西使劲摇醒了她，告诉她菲尼克斯被抓走了。

"你说什么？"P太太昏昏沉沉地问。

"一只大鸟把他从旗杆上抓走了！"

P太太眨了眨眼，从靠垫上直挺挺地坐起来，问："什么样的大鸟？"

"长着大爪子的大鸟！"

"天哪！他的磨难太多了！"

"他只是想帮助我们！那只大鸟把它带到上游去了，从船坞上看不见，但是我感觉他还活着！"

P太太费力地想了一会儿，说："你知道我以前住的地方吗？"

露西摇了摇头。P太太猛地站起来，以露西从未见过的速度快步走到了门口。

"那堆板条箱里最高的那一个，"P太太指着上面说，"那儿有一把码尺，通向屋顶的一个洞。每当我想逃离这儿的时候，我就会爬上去，从屋顶上可以看到整条河。"

露西飞奔而去，甚至忘了为吵醒P太太而道歉。

通常情况下，贝克特从不会考虑爬上那摞高高的板条箱，但现在看到妹妹往上爬，他也跟上了。那些板条箱并没有码放得很整齐，所以这和爬垂直的变电站不一样，更像是爬很陡的楼梯。尽管如此，等贝克特爬到顶层，他照旧累得气喘吁吁。露西正手忙脚乱地试图把码尺的一端伸进屋顶一个小洞里，贝克特屏住呼吸，帮了她一把。码尺一就位，露西立刻向上爬去。贝克特也跟了上去，但他在半路滑了下来，试了三次才成功。

从屋顶的确能看到大河的全景，下城区和中城区的摩天大楼一览无余。南边，一群帆船正在以自由女神像为终点举行赛艇会。西边，太阳在朝新泽西落下。但露西紧紧盯着的方向是北边。

　　"你看到那个黑点了吗？"她指着一个地方。

　　贝克特眯起眼睛，只能辨认出一艘驳船上方有一个小点。"哦……嗯。"他说。

　　过了一会儿，那个小点也在视野中消失了。露西绝望地看了他一眼，问："这是什么鸟呢？"

　　"很可能是雕或者鹰，或者是猎鹰。"

　　"他们会拿松鼠怎么办呢？"

　　贝克特畏缩了，咕哝道："准没好事。"

　　他们在那儿坐了很久很久，表情严肃地盯着上游，但他们视线中唯一的鸟类是海鸥。最后，太阳完全落到了新泽西一栋高大的公寓楼背后，地平线上纤细的卷云也变成了琥珀色和粉红色。头顶依然浅蓝色的天空中，两架飞机留下交错的航迹云。这让露西想起他们上一次在船坞上看落日的情景。命运真是有一种说不出的残酷：今天的落日看上去更美了，但菲尼克斯这次却没救了。

突然，贝克特跳了起来。"看！"他声音嘶哑地一边喊，一边把露西也拉了起来，"是那只鸟吗？"

高空中，一只巨大的猛禽正向北飞去。

"不可能。"露西看到鸟儿的爪子是空的。

他们又坐了下来。太阳完全落山了，城市的灯光亮了起来。他们听到老鼠们在下方忙忙碌碌，收拾着最后的东西。一艘巨大的远洋轮船顺流而下，贝克特读出了船体上的名字：分离。"分离"号通体亮着灯，它靠近廊桥，挡住了他们望向新泽西的视线。它离这儿很近，他们可以听到乘客们靠在甲板栏杆上说话的声音。突然，乘客们一起发出一声惊叫，把他们吓了一大跳。他们发现乘客们正朝着自己的方向指指点点——这里！难道人们发现了廊桥顶上的他们？露西回过头，发现了人类真正在看的东西。

"怎么回事？"她喊着，爬了起来。

城市又变得一团漆黑！贝克特也转过头，惊讶地看着黑暗的天际线。

"也许那只大鸟把菲尼克斯捎回去了？或者……"他说。

"太荒谬了。"

尽管如此，他们还是飞快地跑下屋顶，溜下板条箱。廊桥的地板上到处都是包裹，但老鼠们都围在P太太身边，她正站在家门口。

"有菲尼克斯的消息吗？"她看到露西和贝克特，问道。

"没有……"露西说。

"但是人类又停电了。"贝克特插嘴说。

"我听说了，"P太太说，"这很奇怪，你认为这是怎么发生的？"

鼠群安静下来，等着贝克特发表意见，但是他却说："这其实不重要。"

"你是什么意思？"P太太问。

"唔，他们读了我们的警告，现在又停电了，他们一定会认为是我们造成的，尽管与我们不相干。"

"确实有道理。"P太太也同意，"但愿我们不会失去菲尼克斯。"

老鼠们纷纷遗憾地咂了咂舌头。

"我们欠那只可怜的松鼠一份情。"年纪排在中间的老鼠长老说，"只是，我们还需要撤离吗？"

"唉，动荡不安，真叫人受不了。"最年长的老鼠长老说。

小奥的妈妈轻快地宣布，她不撤离了，她拒绝抛弃她漂亮的板条箱。有些老鼠也有同感，但大多数老鼠还是倾向于撤离以确保安全。最年轻的老鼠长老问P太太的意见，P太太建议大家等到明天再做决定。

大多数老鼠感觉得到了安慰——即便只是暂时的。他们把包裹扔在外面回家去了，这样如果需要撤离，明天一早就能以最快速度离开。露西和贝克特也回到板条箱，但他们俩都没怎么睡好。他们好像交换了性情：通常情况下，露西更乐观，可这会儿她躺在鞋子里，满脑子都是那只猛禽会对菲尼克斯做的可怕的事；而贝克特却选择让自己相信那个一闪而过的念头——那只猛禽带着菲尼克斯回来完成任务了。

第二天早上，贝克特醒来的第一件事就是去找报纸。交通并不拥堵，但他到达报摊的时候，报纸还没有送来。等了一会儿，一辆货车驶来，三捆报纸从车厢后面被扔了出来。贝克特等旁边的人先抓起报纸，才蹑手蹑脚地爬过去，悄悄撕下一张头版。天气仍然很热，他在回去的时候把报纸当作遮阳伞，一路顶在头上。

贝克特一回到码头，老鼠们就围拢过来。突然变得这么受欢迎，连贝克特自己也吃了一惊，但他还是落落大方地把报纸举起来给大家看。头版上的照片是夜色中昏暗的天际线，照片颜色很暗，大部分老鼠都无法辨认出来。贝克特一直等到露西和P太太出现，才放下报纸开始读标题：

"停电：续集！"

他翻到第二页，举起第二张照片。这一张照片是他之前写的警告，告诫人类这是他们最后的机会。老鼠们拍着爪子，叽叽喳喳地喧闹不休。等到贝克特开始读文章时，他们才安静了下来。

"昨晚8点40分，本市经历了一周内的第二次停电。但尽管天际线陷入昏暗，我们对于停电的原因或许略知一二。昨日，当拆迁大队回到纽约五大区中如今被称为老鼠码头的地方时，他们在上次停电前看到的警告下发现了这条附言（见上图）。因此，一个难以置信的可能性再度摆在我们面前：造成全市停电的可能是啮齿类动物，而且是识字的啮齿类动物！"

读报的过程中，有老鼠在推拉门底下放哨。当贝克特读完这篇文章时，一只老鼠大叫："人类！"鼠群立刻围了过来。十到十二个穿着便服的人聚集在栅栏另一边，其中两个人举着牌子。老鼠们再次转向了贝克特。

其中一块牌子上写着：老鼠需要家园！我们需要电力！

另一块牌子上则写着：把码头留给老鼠！总比把它们留在我

们的公寓里好！

"什么是公寓？"一只老鼠问。

"就是人类的板条箱，我想。"贝克特猜测道。

这些标语很鼓舞人心，同样鼓舞人心的还有抗议者们扔到重型设备上的烂番茄。但是十分钟后，一辆小轿车和一辆皮卡车出现了。机工长从皮卡车里钻出来，小轿车的司机则为维克斯打开了车后门。看到机工长从皮卡车后面的车厢里拖出一个上锁的箱子，抗议者们发出阵阵嘘声。维克斯则叫他们该干吗干吗去，并领着机工长走进了大门。

"该死的萨利呢？"维克斯看着机工长把箱子放在廊桥门边，不由得发火道，"快让炸药就位，多耽搁一天就要多花我一天的钱！"

"他给我发短信了，"机工长保证说，"他快到了。"

"让其他人也集合！"

绿色面包车终于到达廊桥。萨利从车里走出来时，抗议者们再度发出了一阵嘘声。但是萨利向他们展示了一份他捡来的报纸号外，大家被逗笑了。维克斯没有笑。他要过报纸，扫了一眼头版，脸气得通红。他把报纸揉成一团，扔到了码头上。

"把这些东西运走。"他咆哮着，跺着脚回到了车上。

小轿车疾驰而去，一名抗议者抓紧时机向它扔了最后一个番茄，番茄在后挡风玻璃上溅开了。机工长皱着眉头，打了几个电话，然后耸了耸肩，把上锁的箱子又拖回了皮卡车。萨利也跟着他走出大门。他们简短地交谈了几句，然后萨利开车走了，机工长也跳上了车。但他没有马上开走，而是把手臂支在车窗上，和抗议者攀谈起来。几个抗议者在拖走他们的牌子前还击掌庆贺。

不用说，老鼠们感兴趣地观望着这一切。很快，一辆卡车开来，两个拆迁工人走下来，开始拆除铁丝网。他们把铁丝网搬上后车厢时，三辆拉货车也来了，机工长监督着推土机、挖土机和垃圾箱的装载工作。幸亏这些工作噪声很大，否则人类就会听到老鼠们狂欢的尖叫声。当平板大卡车把重型机器运走后，机工长走到码头门前，摘下了告示——也许是想留作纪念吧，最终他也走了。

尽管现在还是大白天，老鼠们却冲上了码头。他们简直不敢相信自己的好运，这片地方又恢复原貌了，整件事情唯一留下的痕迹就是廊桥侧面的裂缝。

贝克特找到了那张被揉皱的号外，把它往回拖，老鼠们都跟着他。他把报纸展平，那张巨大的照片上就是菲尼克斯，背上还绑着炸药和火柴盒。

"这是在哪里拍的？"露西喘着气说。

贝克特仔细地端详着照片，说："看上去，似乎是在变电站内部。"

"但是……他还没进去，那只大鸟就把他抓走了。"小奥说，"你能确定这是他吗？"

小奥摔下来后，头上肿起了一个难看的大包，现在大家都看着他，他竭尽所能把大家的注意力转移回照片上。这张照片是从上面俯拍的，因为炸药的遮挡，他们只能看到菲尼克斯的头和尾巴。但这也足够让露西和贝克特做出肯定的回答了。

"这说明那只大鸟没有吃掉他！"露西叫道。

"谢天谢地。"P太太轻声说。

贝克特开始读那篇文章，上面说第一次停电后，人类就在变电站楼上的房间里安装了一个监控摄像头，它捕捉到了第二个"行凶者"的画面。

"但是，如果是他造成了断电，那他怎么还不回来呢？"小奥问道，"都过去快一天了。"

是的，大家都回答不出来。

"标题写了什么？"最年轻的老鼠长老问。

"唔，我不太确定。"贝克特支支吾吾地说。

"说吧，贝克特！"露西说，"我相信你能读懂。"

事实上，他确实能，但他并不想读出来。可是，老鼠们强烈要求他读，最终他妥协了。

"标题写着：自杀式炸弹？"

"什么是'自杀式炸弹'？"一只老鼠问。

贝克特不安地蠕动着。"我也不太懂。"他最后说。

很显然，他懂。当他看到露西脸上惊慌失措的表情时，他知道她也懂。

19

变味的比萨

被从八层楼高的旗杆上抓走是一件可怕的事，而当这件事发生在菲尼克斯身上时，他在恐惧的同时却心生疑虑：难道同样的事情再次发生了吗？这次他的肩膀没有感受到剧痛，大鸟的爪子没有刺穿他的肉，但它们仍然紧紧钳住他，让他没法儿逃脱。

那只大鸟带着他越过一座又一座大厦和廊桥，飞到了河上。跨过北边河岸后，大鸟暂时停止了拍打翅膀，开始检视他的猎物。在他们下方，一艘观光游轮正缓缓驶过。

"你背上背的是什么？"那只大鸟重新拍打起了巨大的翅膀。

"炸药。"菲尼克斯答道。

"炸药？！"

"哦，除非我把引线点燃，否则不会爆炸的。这儿风这么大，火柴根本划不着。"

刚说完这句话，菲尼克斯就意识到自己犯了大错。如果这只鸟担心爆炸，没准儿会丢下他。不过他转念一想，虽然这儿离河面还很远，但掉进河里总好过被利嘴撕碎。

"你是一只貂吗？"大鸟问他。

"貂？"

"我只是猜猜而已。其实，我还没在城市里见过貂呢。但愿你不是老鼠。我在给我老婆找好吃的，她不太喜欢老鼠。"

"我就是老鼠。"菲尼克斯脱口而出——他从没想过自己会说出这句话，他扭过头，看到了几根红色的尾羽，"你有亲戚叫沃尔特吗？"

"什么？"

"你的声音听起来有点儿像沃尔特。"

"我就是沃尔特！你听说过我？"

那只大鸟高兴地扇着有力的翅膀，飞得更高了。他一直在暗暗嫉妒那位定居在中央公园的大名鼎鼎的堂兄，现在看来，他也是一个出名的人物了！但当他的猎物表明，自己就是他在马纳霍金抓住的那只松鼠时，他有点儿泄气。

"这有多巧呢？"沃尔特叹了口气，"我几乎不在城市里打猎，我今天本来在追两只椋鸟——然后就抓到了你。你还是那么唾手可得啊！"

唾手可得！这句话简直应该被刻在我的墓碑上！菲尼克斯心想。尽管现在看来，他不可能拥有一个墓碑了。

"但是……你刚才说你是只老鼠啊，"沃尔特说，"你看上去确实有点儿像老鼠呢。你到底经历了什么？"

"我落在了滚烫的沥青里。"

"你是说，我把你丢下去那次？"

"是的。"

在他们前面很远的地方，沃尔特可以辨认出他们的目的地，帕利塞德悬崖——他的巢穴就在那里。在他们的正下方是连接曼哈顿和新泽西的大桥。他滑翔下来，落在大桥外缘自行车道边的栏杆上。

这次着陆对菲尼克斯来说相当痛苦，有一瞬间他觉得自己的脊柱已经断了。那只大鸟放开了他，半晌，他终于在栏杆上头晕目眩地坐了起来。

"天哪，你……"沃尔特仔细地打量着他。

"我知道。"菲尼克斯悲伤地说。

"你救了我的命——可瞧瞧，我是怎么报答你的！"

"我救了你的命？"

沃尔特抖了抖翅膀，用嘴深深地、响亮地吸了一口气。"要不是你警告我，我肯定会被飞机引擎吸进去的。事实上，我失去了三根尾羽。这对我影响很大，我回家后一周都动弹不得。"沃尔特咯咯笑了，"但这也有好的一面，我的小崽子们不得不离巢了。总的来说，我欠你一个大人情。"

菲尼克斯眨了眨眼睛，不确定自己是否听错了，问道："你是说你不会吃了我？"

"吃了你？什么话！如果我能够在夜间飞行，我会把你送回马纳霍金去！"

消化完这个不可思议的提议后，菲尼克斯一边盘算，一边瞅了一眼正在落山的夕阳，问："你能把我送回你抓我的地方吗？"

"当然！"

不一会儿，他们就沿着西区公路向南飞行了。这是一条风景优美的路线，闪闪发光的城市在他们左边，落日在他们右边。此时此刻，菲尼克斯总算有点儿欣赏美景的心情了。沃尔特对炸药很好奇，所以菲尼克斯讲述了他的任务——这关乎老鼠和廊桥的生死存亡。

"哪座廊桥？"沃尔特问，他向左一转，避开了一架直升机。

尽管他离飞机还有一段距离，但他不想再冒险了。

当他们靠近廊桥的时候，菲尼克斯指给他看。沃尔特说自己在那里的屋顶上抓过一只鸽子。

"你还吃鸽子吗？"菲尼克斯说，表情有点儿扭曲。

"迫不得已。但是现在那屋顶上什么也没有，只有两只老鼠。"

菲尼克斯还没来得及亲眼看到那一幕，沃尔特就钻进了楼群，从一台起重机的吊臂和一座正在修建的高楼之间滑过。当他们到达变电站时，菲尼克斯指着位于檐口上方的阳台，喊道："那儿！你能把我放到那儿吗？"

这一次，多亏沃尔特多扇了几下翅膀，他们的着陆比较温和。"我知道，我要是丢下你先飞走有点儿不礼貌，"他说着，把菲尼克斯放到了栏杆扶手上，"但是天马上就要黑了。"

"没关系，"菲尼克斯说，"我很感谢你没吃我。"

目送沃尔特飞进夕阳的余晖后，菲尼克斯跳到阳台上，匆匆跑过拐角。由于背着东西，他不得不蠕动肚子才穿过了管道。楼上的房间还和往常一样闷热，他爬到线圈旁，听到它们在嗡嗡作响，就像那天断电前一样。可当他咬断胸前的橡皮筋，放下炸药时，他僵住了，他听到了一个声音——这儿还有人！他小心地环顾四周，看到一个保安坐在电梯旁，拿着一本杂志在扇风。菲尼克斯思考了一下，他还是可以按原计划进行，只是得轻点儿声。于是他侧身躺下，继续咬橡皮筋，这样炸药掉下来时就不会发出响声了。终于，他咬断了橡皮筋，卸下了重负。他刚把炸药塞到线圈下面，保安却突然停止了扇风，菲尼克斯又僵住了。一等到保安继续扇风，菲尼克斯就马上开始划火柴。可这该死的火柴竟然划不着。他又试了一次——好，着了！然而，扑面而来的热气让他猛然回想起滚烫的沥青，他本能地扔掉了它。

那个保安又停止了扇风，菲尼克斯再一次僵住了。直到看到保安向洗手间走去，菲尼克斯才划着了第二根火柴。他尽可能地把燃着火花的那头举得离自己远一些，点燃了引线。然后他马上丢下火柴，冲进管道。

他刚踏上阳台，炸药就爆炸了。一根炸药的威力自然不大，阳台也没有在他爪子底下颤抖。然而，他还是眼看着一个街区接一个街区的灯熄灭了，直到整座城市再次陷入黑暗。保安的咒骂声从管道那头传来，街道上也响起了阵阵喊声和汽车喇叭声。

拐过阳台拐角时，菲尼克斯看到旗杆上依然没有支撑线，对此他倒是一点儿也不惊讶了。他确实没办法爬下去，但完成任务的轻松感让他觉得处境不那么糟糕了。事实上，当他蹲在那儿看着这座被他切断电源的城市时，他感到一丝骄傲和满足。

最后一线余晖消失了，天变得黑沉沉的。菲尼克斯顺着管道重新爬回了变电站。紧急发电机已经启动了，因此变电站里面的灯亮了起来，有五六个人在检查故障。菲尼克斯蹑手蹑脚地爬到一个金属工具箱后面，想看得清楚些。炸药也许对推土机没有作用，却把线圈炸成了一团扭曲的乱麻。

两个穿着蓝色工作服的人在忙碌着。其中一个人看起来很眼熟，他身旁的工具袋也很眼熟。菲尼克斯马上钻了进去。循着自己上次留下的气味，他在一把手电筒和一对老虎钳中间找到了一个舒适的位置。

当然，他本来不打算在这里睡觉的，但被一只红尾鹰从旗杆上抓走的经历让他精疲力竭，他很快昏睡了过去。醒来时，他感到神清气爽，甚至还有点儿饿，但这个工具袋似乎待在原地没动。他伸出头，看到四个工人正在努力工作，可是那个眼熟的工人不在其中。菲尼克斯困惑地爬出工具袋，穿过管道，来到了阳台上。太阳几乎就挂在头顶上，这意味着已经是第二天了。他又回到变电站，循着一股诱人的气味跳到了电梯旁的椅子上——那里有一块放在油腻纸盘上吃了一半的、过期的比萨饼。在回到工具袋之前，他迅速吃完了它，连掉在盘底的酥皮也没放过。

事实上，那个修理工上的是夜班，他知道自己还会回来，就没带走工具袋。当天晚上他回来值了一整晚的夜班，虽然次日早上变电站还是没有恢复电力，但在新定制的线圈送达之前，他也无事可做了。因此，他抓起工具袋（把菲尼克斯从瞌睡中吵醒了），乘坐电梯到了楼下。菲尼克斯可不想犯上次的错误，于是，当一缕亮光射入工具袋，表明他们已经来到室外时，他就推开一个铁榔头，从工具袋里跳了出来。

他落地的动作并不优雅。事实上，他落在变电站前的人行道上时，是鼻子先着地的。他甚至惊动了那个修理工。修理工大张着嘴巴，眼睁睁看着他溜进了排水沟。但修理工并没有追过来，菲尼克斯快速躲在街区尽头一辆小货车下面，揉着鼻子喘了口气。然后他穿过马路，匆匆朝西区公路跑去。

正如上次一样，西区公路上的红绿灯也熄灭了。公路上车来车往，似乎永远也不会停下来。菲尼克斯刚想横穿马路，他的脑海里随即浮现出了希利亚德大道上那只被压扁的浣熊。于是他蹲在路边，炙热的太阳烤得他被烧伤的地方疼痛难忍。最终，他沿着人行道原路折返，蹲在了一个消防栓的影子下面。

在街区另一头，一个遮阳篷底下，菲尼克斯看到一家牛排店的店主正在向一个过路人抱怨。

"没有生意！我快破产了！我所有的食物都变质了！"

这不关菲尼克斯的事，但当他望向里面时，他看到一只老鼠背着鼓鼓囊囊的袋子从餐厅门里溜了出来。情绪激动的店主没看到那只老鼠穿过遮阳篷的阴影溜进排水沟，但菲尼克斯认出了他。菲尼克斯跑进排水沟里截住了他。

"嘿，奥斯卡，"他们几乎撞上了对方的鼻子，"你拿了些什么？"

"关你什么事？"奥斯卡说。

"只是好奇。"

事实上，奥斯卡对自己的狩猎成果相当自豪。当餐厅厨师把冰箱里的肉转移到低温储肉柜里时，奥斯卡成功偷到了两大块牛肉。他把袋子打开一个小口，让菲尼克斯看了一眼。

菲尼克斯对牛肉不感兴趣，但是他称赞了奥斯卡高超的猎取技巧。"我敢打赌你对这一带了如指掌。"他补充说。

奥斯卡哼了一声。

"有别的途径可以穿过这条公路吗？"菲尼克斯问。

"当然。"

"你能带我去吗？"

"你们这些码头老鼠还真是自我感觉良好。"

"可我不是码头老鼠。"

奥斯卡打量了他一眼。"我猜你也不是。"他拎着麻袋小跑进了排水沟。

菲尼克斯跟在后面，却踩到了一块口香糖，他不得不停下，把它从脚上刮下来。等他再抬头时，奥斯卡已经不见了。菲尼克斯又往前走了一段，来到一个排水的格栅前，奥斯卡就是从这里下去的吗？松鼠对地下世界可没什么兴趣。但就在这时，他听到一个可怕的声音。他回过头，发现一辆清道车正朝他冲来。要是不想被旋转的刷毛绞碎，他只能选择跳进格栅。

他落在一段巨大的混凝土管道里，奥斯卡就在旁边。

"这是下水道吗？"菲尼克斯问，尽量不让自己的语气显得高高在上。

"雨水管道。"奥斯卡说着，向西指了一下，"廊桥在那边，直走，往左，往右，再往上。"

奥斯卡拖着麻袋向反方向走了。但走了几步后，他又停下来回过头。

"你会见到P太太吗？"他问。

"应该会的。"菲尼克斯说，末了又加上一句，"你有话想对她说吗？"

奥斯卡打开袋子，掏出一个像是蜡质的红色冰球的东西。

"她喜欢这种奶酪。"他说着，把奶酪滚到了菲尼克斯身边。

菲尼克斯把它抱起来，希望自己能读懂上面的标签。

"她可能会认为我下了毒，但我没有。"奥斯卡说。

"你为什么不亲自给她呢？"菲尼克斯建议说。

奥斯卡摇了摇头。他知道自己已经犯下了不可饶恕的错误，再也回不到廊桥了。然而，搬回下水道里后，他才意识到过去的生活有多么安逸。

奥斯卡拖着袋子离开后，菲尼克斯把奶酪夹在胳膊底下，顺着上一场暴风雨留下的雨水印迹，向雨水管道另一头走去。没走多久，另一条管道横在他面前，他顺着它向左转。这条道很黑，他不得不摸索着向前。又走了一会儿，出现了第三条管道，右边透着微弱的光亮，他急匆匆地向前跑去。这条道并不好走，他得抓着奶酪爬上另一个格栅，好在他终于做到了。

他眨了眨眼睛。此刻，在阳光照耀下，他正站在一座废弃的廊桥前。这儿没有铁丝网，没有推土机，没有挖掘机，没有垃圾车。他慢慢走近了一点儿，发现门上也没有张贴告示。但这个地方看起来很眼熟。他环顾廊桥南北，这儿好像被整修过了，以前是木头栅栏，现在是波纹钢壁板了。他又一次仔细打量，毫无疑问，这就是老鼠们的家，只是廊桥壁上多了一条裂缝——但这的确是玛莎曾带他来的那个地方。

20

小贝勒奶酪

一群年轻的老鼠正在廊桥前玩耍，追逐一个由锡箔纸团成的球。其中一只小老鼠踢得太使劲了，球滚到了门下面。大家让她自己去把球捡回来。她跑过去捡起球的瞬间瞪大了眼睛，立马抛下球跑了回来。

"他回来了！"她叫道。

其他老鼠争先恐后地跑向门口，一看到菲尼克斯，他们就歇斯底里地大叫起来。很快，廊桥里所有的老鼠都跑出来看发生了什么事情。最后，就连P太太也挤出了板条箱。露西和贝克特扶着她，加入了涌向门口的鼠群。有那么一瞬间，这些喊声让贝克特以为拆迁队回来了，但外面的欢声笑语显然又说明不是这么回事。当他们走到阳光下时，码头上并没有人类，只有拥作一团的老鼠们。大家一看到Ｐ太太，就自动闪到一边，让出了中间的位置。

"谢天谢地！"Ｐ太太惊叹道。

露西也吃惊地眨着眼睛。"菲尼克斯，你还活着！"她的声音颤抖了，"我以为那只可怕的大鸟……"

贝克特想问菲尼克斯去哪儿了，但他的声音也在颤抖，这让他的声音听起来比平时更嘶哑了，谁也听不清楚他在说什么。不过，老鼠们此刻都想问同一个问题，因此菲尼克斯告诉了大家自己惊人的奇遇。

"你们也许无法相信，那只大鸟就是当初带我来这儿的红尾鹰。"

"可你说他已经死了。"露西瞪大了眼睛。

"事实证明我错了。"

"这么说，雏鹰们也没有失去爸爸。"

"是的。"

"但是我们看见他把你抓走了！"最年轻的老鼠长老说。

其他见证者也纷纷附和。菲尼克斯解释说沃尔特在大桥上停了下来，并把他送回了变电站。

"他为什么要这么做？"小奥狐疑地问道。

菲尼克斯耸耸肩，说："很明显我救了他的命。"

"你是对的，贝克特。"露西喃喃道，感激地看了她哥哥一眼。

贝克特清了清嗓子。"拯救生命似乎是你的专长，菲尼克斯。"他说。

露西大声重复了她哥哥的话，让大家都能听见，老鼠们纷纷表示赞同。

"是你炸掉了线圈？"现在，即使是小奥也惊叹不已。

"唔，事实上是P太太的炸药炸掉的。"菲尼克斯说。

"你真是一个奇迹，亲爱的。"P太太说，"在你之前，我还以为我已经见够世面了。"

年纪排在中间的老鼠长老问菲尼克斯，断电之后他又干了些什么。于是菲尼克斯讲述了他在工具袋里的事情，他们则跟他讲了拆迁队的撤离。这时，几个慢跑的人放慢脚步，朝他们这边看过来。现在的老鼠码头已经很出名了，即使人们看到一大群老鼠聚在码头上也不会感到吃惊。

贝克特又问了蜡质红色冰球是怎么回事。

"这是给P太太的。"菲尼克斯说着递了过来。

"小贝勒奶酪。"贝克特读着上面的标签。

“哦，这是我最喜欢的奶酪之一，”P太太说，“你太贴心了，菲尼克斯。”

“呃，事实上，这是奥斯卡给您的，我碰到他了。”

“这样啊，”贝克特说，“那么最好把它扔了。”

“我认为他没有下毒，”菲尼克斯说，“我觉得这是他在道歉。”

P太太仔细思考了这件事之后，把奶酪夹在了腋下。“嗯，我们似乎挺过了这场风暴。”她说，“我很荣幸能够成为你们的临时市长，但我也累了，如果你们不介意的话，现在我想卸任了。”

露西挽住了她，其他老鼠开始兴奋地齐声高唱：“她是一只最好的收藏鼠！”等P太太在客厅的靠垫上坐下来后，露西提出去仓库给她拿些点心，但P太太摇了摇头，打量着她腿上的小贝勒奶酪。

“我希望你们能搬进来住，亲爱的，”她说，“我自己住在这里有点儿孤单。”

露西立刻去找哥哥和菲尼克斯，想尽快把家搬到P太太家楼上，但她一出门就看到奥古斯都在发表竞选演说——也可以叫船桩演说，因为他又爬到了船桩上。上一次断电让奥古斯都放弃了炮台公园里那个芥末味的仰慕者，他转回廊桥，想看看自己是否还有机会融入这里。他一直在阴影里徘徊，直到他听到Ｐ太太宣布卸任临时市长，他本能地决定马上采取行动。这会儿，他正在对菲尼克斯赞不绝口，这让菲尼克斯很不自在。

"我们对这只足智多谋的松鼠的亏欠比这条大河还要宽阔。"奥古斯都一边高声宣扬，一边将剑挥向哈德逊河，"我曾以为我们唯一的出路就是拿起武器对抗人类，因此我去了炮台公园——为我们的战斗招募援军。但我运气不好，那儿的老鼠都是胆小鬼，他们只对喂养和繁殖感兴趣。因此我独自回来了。我想，等时机一到，我就带头冲锋。但我错了，这只了不起的松鼠救了我，也救了我们所有老鼠。假如他是一只老鼠，我将提名他成为我们的市长，因此现在，我很荣幸请他成为我的特别顾问。"

"你还不是市长，他怎么能成为你的特别顾问呢？"一只老鼠问。

奥古斯都用微笑掩饰了他的恼怒："你说得有道理，我们必须用投票表决来确定这件事。现在正是时候，趁着大家都在。"

露西举起了爪子。

"怎么？"奥古斯都问。

"Ｐ太太并未出席。"她指出。

奥古斯都并不怎么喜欢露西，事实上他对Ｐ太太也有些戒备——她说话的方式总让他不太舒服，但他脸上依旧保持着惯常的微笑。

"自然我们也应该保有对她的一份感激之情，不过她已经老了——太老了——她的职责恐怕已经将她累垮了。最人道的做法，我想，是让她休息。大家还有其他反对意见吗？"

他说到"反对意见"这个词时，语气凶巴巴的，老鼠们都不敢造次。但菲尼克斯举起了爪子，他对码头老鼠事务的参与感越来越强，这群老鼠的社会化程度远比他家乡的那群树松鼠要高得多。

"怎么了，我的朋友？"奥古斯都问。

"我只是在想，你们老鼠举行选举，难道不需要一个以上的候选者吗？"

"啊，你想要举荐你自己。"奥古斯都犯了一个常见的错误——以己度人，"就像我说的，如果你是一只老鼠，那么你——"

"我并不想参加选举，"菲尼克斯打断了他，"我只是对你们的社会运作方式感兴趣。"

"啊，通常情况下，是有不止一个候选者。有人想提名自己吗？"

奥古斯都说这话时，又露出了恶狠狠的神色，因此又只有菲尼克斯开口。

"贝克特怎么样？"他建议道。

"一只聪明又年轻的老鼠，"奥古斯都毫不迟疑地说，"你和他都可以成为我的特殊顾问。"

"我的意思是，作为市长，能读会写难道不是一种优势吗？"

这句话冒犯了奥古斯都，即使它是从码头的拯救者嘴里说出来的。"市长最重要的素质是声音洪亮。"他厉声说。

"是的是的，"贝克特说，"我不是那种上得了台面的老鼠。"

"我认为你就是最好的市长人选，贝克特。"露西说。

保卫家园这件事大获全胜后，码头老鼠们对于大白天在廊桥前面聚集一点儿也不感到不安了，甚至他们对吵吵嚷嚷地争论两位市长候选人的优点也毫不介意了。贝克特竭尽所能劝大家不要为他投票，露西和菲尼克斯却恰恰相反，他们提醒大家，贝克特提供的信息在拯救家园中作用重大，以此争取大家对他的支持。奥古斯都看不下去了，他跳下来，拽着贝克特一起回到船桩上。他想让选民们看到，和他相比，贝克特是多么年轻、不谙世故，而且骨瘦如柴到可怜。

"支持我——奥古斯都成为你们下一任市长的同胞们，请站到这边。"奥古斯都说着，用剑指向他的左边——左边靠近廊桥大门，比较安全。然后他嘴角向下一撇，用剑指向另一边，说："支持这只年轻老鼠的站到那边。"

沉默了很久，只有几只老鼠移动了位置。没有多少老鼠真的相信奥古斯都去炮台公园招募援军的故事，而年长的老鼠们则认为由候选者亲自主持选举是不合理的。然而，大家也不能否认，虽然贝克特的确是他们的拯救者之一，但奥古斯都看上去更像市长——怎么说呢，贝克特起码看起来没有那个派头。大部分年长的老鼠开始朝右，也就是往奥古斯都的左边移动；而大部分年轻老鼠，就是上次贝克特站在船桩上时嘲笑他的那一批，却选择支持贝克特；三位老鼠长老，按照习俗，弃权留在了中间。

"看起来选票接近。"年纪排在中间的老鼠长老数了数，"唔，我发现还有五只老鼠没有表决，现在是做决定的时候了。"

这五只老鼠包括一只举着手杖的年长老鼠、艾米丽、老莫伯利的侄女，令人吃惊的是，还有奥古斯都的妻子和儿子。那只年长老鼠是因为还没有弄懂指令，艾米丽是想等小奥投票后再投，老莫伯利的侄女则是因为无法忍受任何老鼠接替她已故叔叔的位置。至于小奥的犹豫，是因为他一方面还在为攀爬变电站失败后，爸爸对他的态度而伤心；另一方面他也担心投露西哥哥的反对票，会导致露西与他疏远。小奥的妈妈，海伦，则是因为无法原谅丈夫上次抛下她，独自溜去炮台公园的行为。奥古斯都给了海伦和小奥一个意味深长的眼神。最终，小奥妥协了。艾米丽跟着投了票。最后，海伦也妥协了。那只又老又聋的老鼠则加入了露西的阵营，支持贝克特，因为露西不止一次帮他爬上过他位于二楼的板条箱。老莫伯利的侄女也站到了贝克特这边，她总觉得奥古斯都对于市长的野心太过迫切，也许这会儿她叔叔的遗体还没漂到海上呢。长老们又重新清点了票数，两边的结果非常接近，因此他们决定也参与投票。

第二次清点票数时，露西跑出码头，冲进了P太太的板条箱。P太太正在沉睡中。她睡得太沉了，露西简直怀疑那只落在她膝盖上的、吃了一半的小贝勒奶酪被投了毒。但最终，P太太被露西摇醒了。

"为什么会有老鼠给那个逃兵投票？"她听完露西的解释后说，"我完全支持贝克特。"

露西跑回码头时，刚好来得及听到最年长的老鼠长老宣布，双方的票数打成平手。她马上跑过去，报告了她带来的新消息。

"看来我们收到了一张缺席投票，"老鼠长老宣布，"贝克特以一票取胜！"

站在船桩上的奥古斯都仿佛被一块发霉的奶酪噎住了。"重新计数！"他吼道。

长老们集体摇头，重新计数一次已经是极限了。

"但是……"奥古斯都绝望地环顾四周，"候选者自己还没有投票！我们也有投票权！"

"是的，"最年长的老鼠长老说，"但即便如此，也很难改变结果。"

这并没有阻止奥古斯都跳下来，加入自己的支持阵营。

露西喊道："快来，贝克特！"

然而，贝克特从船桩上笨拙地爬下来，也加入了奥古斯都的阵营——他担心冗杂的行政事务会牺牲自己宝贵的阅读时间。这一举动激起了露西和其他支持者们愤怒的喊叫，奥古斯都却紧紧抱住贝克特，好像那是他的第二个儿子。

"好了，我相信现在问题解决了，"奥古斯都等众怒平息后说，"我以一票获胜。"

长老们谁也无法反驳。菲尼克斯和露西也无法反驳，尽管他们很沮丧。奥古斯都重新爬上船桩，拔出他的剑。他想把它传给儿子，任命小奥为新的码头警卫，以巩固奥古斯都王朝的统治。但就在他叫小奥上台前，一阵奇怪的金属声引起了大家的注意。

"爸爸！"露西叫道。

是的，那正是莫蒂默，他正滚着一罐未开封的新阿姆斯特丹啤酒朝这边走来。最近的停电让克兰西酒吧的空调两次断电，酒吧变得异常闷热，莫蒂默决定返回码头，毕竟码头偶尔会有微风吹过河面。这个沉重的啤酒罐滚起来并不轻松，因此在靠近鼠群后，他不介意休息一下。

"谁死了？"他把罐子放好后问。虽然现在办葬礼天色尚早，但他想不出还能如何解释这么多老鼠聚在这里。

"没谁死了，"最年长的老鼠长老说，"我们在选举新市长。"

"你的儿子只差一票就赢了。"年纪排在中间的老鼠长老说。

"贝克特？"莫蒂默相当吃惊，"你在耍我吧？"

最年轻的老鼠长老摇了摇头，说："他虽然声音不够洪亮，但真的只差一票，而且，是他自己的那一票。"

莫蒂默虽然脸皮厚，但"声音不够洪亮"这句话还是击中了他。正是他嫌贝克特翻书声音大而掐坏了儿子的喉咙，尽管他当时醉得厉害，但他永远也忘不了这件事。同样，他也忘不了奥古斯都年轻时的夸夸其谈和恃强凌弱。当他把目光从船桩上的吹牛大王转向自己的儿子时，他感到一丝震惊。在明亮的阳光下，他看到了以前从未注意过的事情：贝克特继承了妻子阿拉贝拉的眼睛和下巴。

"你们不会选出了那个骗子吧？"他说着，轻蔑地向奥古斯都挥了挥爪子。

"我们推选出的是前任码头警卫，如果你指的是他。"最年长的老鼠长老说。

"胡扯。"莫蒂默说，"我投票给贝克特。"

这引起了不小的骚动。尽管贝克特看起来颇受打击，甚至被吓呆了，但他的支持者们开始欢呼，鼓起掌来。露西则绕过啤酒罐，给了她爸爸一个拥抱。奥古斯都的一些支持者发出了嘘声。奥古斯都自己则愤怒地宣布，投票在莫蒂默来之前已经结束了。长老们经过商量，并没有认可奥古斯都的主张——奥古斯都指出，莫蒂默已经不在码头居住了，投票不能作数。

"我在这里住了一辈子，"莫蒂默说，"如果在外面住过一两个晚上就要被取消资格，那么恐怕你的票也不能作数吧，奥吉。"

奥古斯都很讨厌这个绰号，但他也无法反驳莫蒂默的观点。"这么说的话，"他说，"如果平票，年长者胜。"

长老们再次进行了协商。他们再次让奥古斯都失望了，因为他们宣布没有这样的规定。接着，他们让贝克特和奥古斯都重新站上船桩，菲尼克斯和露西合力把这个不情愿的候选者推了上去。

"既然是平局，投票者们有最后一次机会改变想法。"最年长的老鼠长老宣布，"如果有谁这么想的话，现在请做出决定。"

21

夏威夷果

选民们叽叽喳喳地议论开来。他们吵得太厉害了，谁也没听见头顶上翅膀扇动的啪啪声——除了菲尼克斯。和老鼠们不一样，菲尼克斯一生下来就被教导要提防猛禽，尽管他做得不太好，但两次教训至少教会了他一些东西。不幸的是，这会儿他无处藏身，鼠群左右包围着他，他面前是一个巨大的船桩，身后则是一个啤酒罐。

紧接着，老鼠们也听到了拍打翅膀的声音。他们抬起头，眼见一只巨大的鹰扑面而来。大部分老鼠吓呆了，只有两位市长候选者除外。奥古斯都发出一声刺耳的尖叫，一把丢下剑，溜下船桩，绕过选民，从廊桥门底下冲了出去。贝克特则飞身跳下船桩，扑到妹妹身上，保护她不受鹰爪的伤害。

但这只鹰似乎无意抓走任何老鼠。他拍打着翅膀，停在空出来的船桩上。大部分老鼠从惊吓中清醒过来，朝廊桥冲去。混乱中，最年长的老鼠长老被撞倒了，另外两位长老拖着他向廊桥门跑去。就在这时，菲尼克斯喊道："别害怕！他是我的朋友！"

逃窜的老鼠们无动于衷。菲尼克斯耸了耸肩，向这只抓住过他两次的红尾鹰走去。

"早上好，沃尔特。"他说。

"早上好，菲尼克斯。"沃尔特整理了一下尾羽，这样，少了的那几根就不那么显眼了。

贝克特急着保护露西，却不小心把她撞倒了。兄妹俩这时一起倒在地上，而他们的爸爸则被压在啤酒罐下。

"他们是我的朋友。"菲尼克斯介绍说，三只老鼠颤抖着伸出爪子，"这是露西，贝克特，还有他们的爸爸，莫蒂默。"

"很高兴认识你们，老鼠们。"沃尔特说着，微微点了一下头。

三只老鼠谁也说不出话来。面对一只鹰，即便是莫蒂默也被吓傻了。

"生活永远不会缺少惊喜。"沃尔特转向菲尼克斯说，"那天晚上，在我回家的路上，全城都黑了。我差点儿从天上掉下来。"

露西在想，这会不会就是她和贝克特在廊桥屋顶上看到的那只鹰，当时他正两爪空空地飞向北方。她很想问问他，却发现自己一个字也说不出来。

"我抛下你，自己飞走了，真是不可原谅。"沃尔特继续说，"这件事一直困扰着我。"

"别再想了，"菲尼克斯说，"没有你，我不可能爬上那个檐口，你为拯救我们的——他们的家园做出了贡献。"

廊桥里的老鼠听见了他们的谈话。一些老鼠开始冒险返回，尽管他们仍然不敢靠得太近。

"听你这么说，我很高兴。"沃尔特说，"不过每当我想起那个喷气式发动机可能给我造成的后果……"他的羽毛抖了抖，"不管怎样，我顺路过来送你一程。"

"送我一程？"菲尼克斯问。

"我要去看望我的妈妈，我很乐意把你送回马纳霍金去。"

"什么是马纳霍金？"露西终于敢出声了。

"就是我在新泽西的家乡。"菲尼克斯说。

"我可以把你带回那个美丽的小池塘。"沃尔特说，"也许那只漂亮的小松鼠也还在那儿等着你。"

吉赛尔！菲尼克斯有好多天没有想起过她了。不知道她会不会回到池塘去怀念他？不，应该不会，她那么轻易地就将注意力从泰伦转移到了他身上，现在应该也移情别恋了吧！也许她喜欢过他。"你有一条漂亮的尾巴，"她说过，"在阳光下，你会看到毛皮里夹着一点儿赤褐色。"想到现在阳光也照着他的尾巴，菲尼克斯转头看了一眼，差点儿吐出来——不，吉赛尔一看到他现在的样子就会跑掉的！

而在这里，尽管他是这副模样，大多数老鼠却对他投来钦慕的目光，尤其是露西。

"别走，菲尼克斯先生！"之前那只去捡锡箔纸球的小老鼠说。

其他老鼠也开始表示强烈反对菲尼克斯离开。突然一只老鼠叫道："菲尼克斯万岁！"大家纷纷附和，没完没了地高呼万岁，直到贝克特重新开口。

"你知道的，菲尼克斯，你在这儿干得不错，"他说，"报纸上全是关于你的新闻。"

"报纸上的新闻？"沃尔特问。

"还有照片呢！"另一只老鼠叫道，"菲尼克斯很出名！"

沃尔特的羽毛不高兴地支棱起来，这让他想起了自己声名卓著的堂兄。他眯起眼睛看了看太阳，抱怨说快中午了。

"如果我想在今天赶到五月岬，"他说，"我现在就得出发了。一起走吗，小松鼠？"

菲尼克斯看了看周围，码头老鼠们全都摇着头，无声地劝他别走。就连小奥也在摇头。

"别忘了，P太太还为你制作了生发剂，"露西说，"我保证它能让你的毛发长回来。"

"我希望你能和我们一起住进她家里，"贝克特说，"那里很宽敞。"

露西对此什么也没说，但她脸上的表情已经说明了一切。那只捡球的小老鼠抱住了他的尾巴，菲尼克斯心软了。

"谢谢你邀请我，沃尔特，"他说，"但是我想留下来。"

老鼠们开始鼓掌和击掌，露西和贝克特也喜上眉梢。

"我不介意有伴同行，"沃尔特说，"但是悉听尊便。"

"如果我还想请你帮个忙，会不会太过分，沃尔特？"菲尼克斯说。

"当然不会，你救了我的命。"

"也能请你帮个忙吗，贝克特？"

"当然能，"贝克特说，"你拯救了我们的家园。"

菲尼克斯匆忙跑进廊桥，从露西和贝克特的板条箱里拿了一张纸和一支笔，又跑回来，让贝克特为他写一张字条。贝克特拿起笔，菲尼克斯口述了他的留言：

"亲爱的爸爸妈妈，我想让你们知道我很好，我刚刚决定搬家，到曼哈顿定居。"

拒绝沃尔特的邀请后，让菲尼克斯担忧的只有这一件事：他可怜的爸爸妈妈也许正在为他的死而悲伤呢。沃尔特和莫蒂默饶有兴趣地看着贝克特在纸上写字，"搬家"和"曼哈顿"这两个词很难，但是他还是写出来了。

"还有吗？"贝克特写完后问。

菲尼克斯点点头："还有一句：我想念你们，总有一天我会回来看你们的。爱你们，菲尼克斯。"

除了漏掉了菲尼克斯的"斯"字中的一横，贝克特还算圆满地完成了任务。"你的爸爸妈妈认字吗？"他递过字条时问。

"据我所知不认。"菲尼克斯说，但他推测弗洛姑奶奶应该认字，毕竟她不厌其烦地用报纸而不是树叶铺满了她的巢穴。"你能找到你抓住我的那个池塘吗？"他把字条递给沃尔特时问。

"当然。"沃尔特用左边爪子抓住了字条。

"在它北边的森林里有一棵白色的树，是一棵桦树。你能把这个扔到树底下吗？"

"乐意效劳。"沃尔特说。

菲尼克斯谢过他，并给了他一两颗坚果，以备长途旅行之需。

"坚果可不是我爱吃的东西，"沃尔特说，"我倒是不介意偶尔吃点儿老鼠。"

莫蒂默吓得一屁股坐到了地上，那些冒险回来的老鼠们又争先恐后地逃回到廊桥。

"开个玩笑。"沃尔特很得意。

说着，沃尔特展开有力的翅膀冲上了天空。莫蒂默撑着爪子站起来，低声嘟囔着。大部分老鼠都慢慢靠过来，围观这只大鸟飞走的壮观景象。沃尔特沿着河面飞翔，一群海鸥跟在一艘包船的后面为他开道。渐渐地，沃尔特越飞越高，当他转向南方时，菲尼克斯感到一阵后悔。但老鼠们很快围住了他，每当一只老鼠拍拍他的后背，他的后悔就减少一点儿。

直到沃尔特完全消失在视线中，奥古斯都才从码头上冲出来，他一只爪子拿着塑料吸管，另一只爪子举着鹅卵石。

"我找到一把枪！"他喊道，"那只大鸟呢？"

"别装傻了，你这个老骗子。"莫蒂默窃笑着说。

奥古斯都没有理他。他爬上船桩左右张望，好像在寻找他的敌人。"看样子他是逃跑了，"他说，"算他走运，我说，我们还是回到正事上来吧。"

他显然是指市长选举。贝克特又想逃跑，但菲尼克斯和露西再次把他推上了船桩。最年长的长老还没有从摔倒中清醒过来，不能担任主持，因此年纪排在中间的老鼠长老代行了这一职责，他宣布支持奥古斯都的站到左边，支持贝克特的站到右边。事实上，每只老鼠都注意到了两位候选者对待红尾鹰的不同反应，连海伦和小奥也毫不犹豫地站到了贝克特这边。奥古斯都目瞪口呆地望着他空无一人的支持阵地，吸管和鹅卵石从他爪子里滑落下来。

露西和一群年轻的老鼠把贝克特从船桩上拖下来，从廊桥门翘起来的地方抬了进去，大多数老鼠跟在后面。适应了室内昏暗的光线后，他们对自己破败的房子生出了前所未有的喜爱之情。贝克特被放在铁桶旁，老鼠们则聚集在他周围。贝克特今天受到的关注已经够多了，要不是有这么多期待的目光望着他，他早就溜回板条箱了。他只好不知所措地望向长老们寻求帮助。

"你可以任命新的长老，市长先生。"最年轻的老鼠长老建议。

"你们三位不行吗？"贝克特问。

"我们是老莫伯利任命的。"最年长的老鼠长老靠在年纪排在中间的老鼠长老身上说。

"那我能再次任命你们吗？"贝克特问。

"当然，"最年长的老鼠长老说，"但是你不觉得你应该——"

"很好，"贝克特说，"你们足以胜任了。还有别的事吗？"

长老们都很高兴。他们商讨一番后，最年轻的老鼠长老说："还有一个问题是关于码头警卫的"。

老鼠们四处打量。现在的情况是，前任码头警卫已经溜往炮台公园了，但他的妻子和儿子还待在廊桥门里。海伦叫住小奥，想商量一下未来怎么办。抛弃板条箱对她来说有点儿痛苦，但在她丈夫的劣迹败露后，留在码头意味着她将成为别人同情的对象。小奥此时的羞耻感倒不如他摔下来时那么强烈，但他承诺，无论妈妈做出什么选择，他都和她在一起。

他们站的地方离廊桥门翘起的地方不远，很快菲尼克斯就滚着那罐新阿姆斯特丹啤酒出现了。莫蒂默让他帮忙把啤酒推到板条箱中，自己则跟在后面走进来。他的尾巴上缠着奥古斯都的吸管。这时贝克特看着他们喊道："嘿，菲尼克斯！"菲尼克斯停止了滚动。

"你是一个大个子，"贝克特说，"你愿意当码头警卫吗？"

"呃，最好还是由老鼠来当吧。"菲尼克斯说。

贝克特再次望向长老们。"是有这个传统。"最年长的长老说。

"那他至少能当个特别顾问吧？"贝克特问。

长老们没有提出异议，菲尼克斯也没有反对，于是贝克特请他建议码头警卫的人选。

"露西是个合适的人选。"菲尼克斯指出。

"哦，但是我想让她当我的另一个特别顾问。"贝克特说。

露西听后笑了。她很清楚，哥哥肯定会把大部分市长职务推给她的。"如果你想听我的建议，"她说，"小奥怎么样？"

"对呀，他差一点儿就爬到变电站顶上了。"菲尼克斯也同意。

小奥听到了他们的话，但当贝克特示意他过去时，他吓得呆住了。他们的关系实际上并不好。但小奥的妈妈抓起他的爪子，把他拉到了大家面前。

"你愿意接受码头警卫的任命吗，小奥？"贝克特正式问道。

海伦迫不及待地把儿子推向新市长。当她看到他们握手达成一致时，她心中的一块大石头落了下来。

"还有其他的紧迫任务吗？"贝克特问长老们。

长老们也想不出来了。经历了这些天的戏剧性事件，大家都意识到生活总算要回归正轨了。当贝克特径直走向他的板条箱时，海伦几乎是向家中飞奔而去，那些收拾好行李准备撤离的老鼠们也高兴地拖着行李回家了，新上任的码头警卫则试图劝说年轻的老鼠们去游泳，现在他的痛苦已经奇迹般地消失了。

"我等不及想看你跳水了！"艾米丽叫道。

"我那还算不上真正的高台跳水。"小奥说，"快来教教我们，菲尼克斯。"

"高度没有姿势重要，"菲尼克斯说，"你的姿势比我漂亮多了。"

他们紧紧凝视着对方，然后都笑了。"快来，露露，"小奥说，"和我们一起去。"

让艾米丽松了一口气的是，露西决定帮助贝克特把床挪到P太太家，而菲尼克斯也要去帮忙。这对他们来说很有必要，因为贝克特正心事重重，犹豫着要不要把一本卷边的《国家地理》搬到新家去。菲尼克斯帮露西抬她的乐福鞋。到家时，P太太睡得很熟，他们把鞋子推上搅拌棒时，她甚至动也没动一下。直到他们把鞋子搬上楼，菲尼克斯才有机会好好打量一下这个地方。作为一只在雄伟的松树林中长大的松鼠，他从未想过自己会定居在板条箱里，但这个楼上的公寓看上去确实不赖。

他们又去搬运贝克特的乐福鞋，最后把菲尼克斯的窝也搬来了。这回轮到菲尼克斯担心P太太膝盖上啃了一半的小贝勒奶酪了。但他只轻轻地摇了她一下，P太太就微笑着睁开了眼睛，对他说："你是想要生发剂，对不对？就在炉子旁边。"

菲尼克斯从医务室里拿到了装满药膏的针管。

"睡觉前把它涂遍全身。"P太太说。

"您对我太好了。"他打量着这珍贵的东西。

"什么都比不上你为我们所做的一切，亲爱的。"

菲尼克斯把针管放到他楼上的小窝旁，又和露西一起回到了他们以前的板条箱。莫蒂默正懒洋洋地躺在鞋子里，那罐啤酒已经开封了，他正用奥古斯都的吸管啜饮着啤酒。

"我很难过你们都搬走了。"但他的声音听起来一点儿也不难过。

那个下午剩下的时间，露西都在帮贝克特整理他的阅读材料。贝克特的阅读速度并不快，他也很清楚自己不可能读完这里的大部分书籍，但他不愿放弃任何也许有意思的东西，因此他愿意留出来做燃料的部分很少。与此同时，菲尼克斯把格鲁耶尔奶酪和混合坚果搬到了他们的新家，然后打算打个盹儿，但他一躺下就辗转不安。不一会儿，他起身打开了那罐豪华装坚果的塑料盖子。他取出两颗碧根果，一块核桃，两枚杏仁，还有一个很大的坚果巴西栗丢进嘴里。但他没有咀嚼，而是带着满嘴坚果溜下了搅拌棒，走出了板条箱。他考察了整个廊桥，最终走到那堆木货盘前。一些老鼠正在铁桶旁边玩耍，但他们谁也没有注意到他。他爬到最底层货盘下面，把坚果藏在了一个黑暗的角落里。

又过了一会儿，他在嘴里藏了更多坚果回到这里。他自己也说不清楚为什么要把坚果藏起来。早些时候，当沃尔特说快到中午了的时候，他注意到太阳不在头顶正上方了——它向南偏斜了。直觉告诉他，随着秋天的到来，他必须储存食物过冬。尽管他还没有经历过秋天和冬天，尽管把坚果储存在罐子里也许更方便，也更安全，但他就是忍不住这么做。在那天下午剩下的时间里，他不停地跑上跑下，把坚果藏到廊桥任何他能想到的角落里。他控制不住自己。

在他藏最后一批坚果的时候，露西正把贝克特为数不多的、不要的阅读材料搬回燃料堆，因此他帮兄妹俩把剩下的东西搬到了新家。他们整理好贝克特的阅读材料后，露西提议大家去屋顶看落日。

"你们两个去吧，"贝克特说，"我得研究一下市长职务。"

就算贝克特有这方面的书籍或文章可以学习，他也怀疑这会儿有没有足够的光线供他阅读了。但他觉得，最好还是把看落日的时间单独留给他们。于是露西和菲尼克斯踮着脚下楼，经过咧着嘴打鼾的P太太，出了门。菲尼克斯轻快地爬到了P太太之前住的屋顶上，好奇地东看西看，露西跟在后面。正当她幻想自己也是一只灵活的小松鼠时，她错估了倒数第二层板条箱两根板条之间的缝隙，一脚踏空掉了下去，被下面一条狭窄的横档拦了一下，又滚下去，一路弹跳着，最后仰面摔在地上。一只老鼠妈妈和两只老鼠宝宝马上冲过去检查她是否受伤。菲尼克斯心急如焚，也赶紧冲下来，速度比以往任何时候都快。但还没等大家伸手去扶，露西就自己站了起来，开始自嘲。

"我真是个笨蛋！"她说。

"你还好吗？"老鼠妈妈问，"摔得不轻呢。"

露西掸了掸身上的土，说："我很好，谢谢你，就是太尴尬了。"

"上面太陡了。"菲尼克斯朝上斜了一眼。

"你总是这样倒着滑下来吗，菲尼克斯先生？"大一点儿的老鼠宝宝问。

这句话让菲尼克斯瞠目结舌。他刚刚太担心露西了，根本没有注意到自己下来的方式。也许是露西的自嘲传染了他，他也突然自嘲起来。

"恐怕是的，"他说，"我可能不是合格的树松鼠。"

"如果我没记错的话，你两次爬上了变电站。"老鼠妈妈说，"这需要过人的胆识，没有谁会在乎你是怎么爬下来的。"

两只小老鼠都点头表示同意。露西也笑了，她拍了拍爪子上的尘土。

"这次我会争取别再出洋相了。"她说完又往板条箱上爬去。

"你最好跟在她后面爬，菲尼克斯先生。"那只大一点儿的老鼠宝宝小声说，"这样你就能接住她了。"

菲尼克斯照做了，但这次露西并没有失误。她一直爬到了P太太的旧板条箱顶上，甚至没有停下来喘口气就跳上了码尺。菲尼克斯紧随其后。

两个小伙伴肩并肩坐在屋顶上，欣赏着落日。天上没有猛禽，他们偶尔能听到海鸥的叫声、运输直升机的轰鸣声，还有从下面半淹没的船坞传来的小奥和其他老鼠的欢笑声。更远处，河水异常平静，锦缎似的水面上倒映着粉色和琥珀色交融的天空。有一会儿，他们两个都没有说话。当粉色的晚霞渐渐变成淡紫色时，露西开口了："我敢打赌，我知道你在想什么。"

"想什么？"菲尼克斯问。

"你在想家乡池塘边那只漂亮的小松鼠。"

"事实上，我在想这里的景色真美。"

"但是菲尼克斯，你爬上过树梢，爬上过变电站，你还和红尾鹰一起飞行过，这里的景色对你来说根本不算什么吧。"

是的，菲尼克斯意识到，从第一次溜出巢穴，爬上爸爸妈妈住的那棵松树的顶端开始，自己见过不少奇特的风景。但当露西问他，见过的最美的风景是什么时，他不需要犹豫就能回答。

"就是现在。"他说。

"真的？"她睁大了眼睛，"为什么？"

"我想……因为现在是一天中最好的时刻吧。"

现在的确是一天中最好的时刻。但这一次，菲尼克斯说的也不完全是实话。他没有说出来的是，最美的风景一定是和某人分享的风景——哪怕此刻在雨水管道里，他也会感到心旷神怡。此时，河面平静得像他曾经注视的池塘。他可以想象，只要把身子探出廊桥，他就能看到自己在水中的倒影。但是现在码头安全了，他下滑的姿势不会再惹来嘲笑了，他的外貌也不再影响他的心情了。

"现在是一天中最好的时刻。"露西似乎对这个说法很满意。不管怎样，她向他身边靠了靠，默默地挨着他坐着，尽管他满身疥癣。就在这时，她的肚子咕咕叫了起来。

"哦，对不起。"她叫起来，大为窘迫。

"你饿了吗？"他问。

"嗯，可能有一点儿吧，我想。"她承认道。

菲尼克斯跑到屋顶角落，掀开一块松动的防水布，扒拉出一颗坚果。他之前在这里藏了三颗，现在只给露西拿来一颗又白又圆的。

"我以为我们已经把这种坚果吃完了！"她叫道。

"我在罐子底部找到了这最后一颗。"

"你为什么会把它带到这里？"

"松鼠的习惯吧。"他耸了耸肩。

她笑了，坚持要和他分享这颗坚果。于是他动用他那突出的门牙，轻轻一嗑，得到了两个完美的半圆。他递给她一半，她把它举了起来。

"敬我们的家园。"说完，她把那一半坚果扔进了嘴里，丝毫不介意这颗坚果曾经被他咬过。

菲尼克斯也有同样的感觉。他一边嚼着坚果，一边用他那光秃秃的尾巴，快乐地拍击着屋顶。

奇想文库

为当下和未来建造一片奇思妙想的自由天地

"奇想文库"以"奇想"命名,承自"奇想国童书"这个品牌名,是奇想国专门为 6~12 岁中国儿童打造的经典儿童文学书系,其意义源自我们的出版理念:

奇思妙想,是人类最宝贵的精神财富之一;

奇思妙想,帮助我们大力拓展知识疆界,创新求变,为世界带来无限可能性;

奇思妙想,使我们永葆天真好奇的目光,更敏锐地感知世界,体会快乐和幸福。

奇想国童书希望通过自己的出版物,帮助孩子和大人终身拥有奇思妙想的能力。

丰富的、自由的、无边界的、充满创造力的想象,在科学领域之外的文学世界,特别是儿童文学领域,拥有另一个广阔的舞台。优秀的儿童文学作品以出色的遐想和精彩的故事,带领小读者上天入地、通贯古今,自由穿梭于幻想与现实的天地,去探索无限丰饶的人类精神和无限奇妙的世界万物。真正优秀的儿童文学作品,必将滋养出拥有充沛想象力、丰富感受力、善良同情心以及出色表达力的孩子,帮助他们成长为一个快乐的、有趣的、符合未来社会发展需求的人。

"奇想文库"以"想象"与"成长"为主线,以"名家经典"和"大奖作品"为选品标准,在世界范围内为中国孩子甄选优秀的"幻想小说"和"成长小说",让孩子通过持续的、多样化的阅读,为成长解惑答疑,为梦想插上翅膀,健康快乐地成长。

奇想文库系列，更多好书敬请期待……

怪物雅克	机械鲨鱼乔伊纳斯	腿的故事	失车箱街的小王子	十三座钟
神奇的布丁	奔赴鼠登堡	壁橱里的奇妙历险	女巫七姐妹	格蕾的超级大任务
那一年，叶子没有落下来	苹果树下的小叉达	迷失的花童	精灵的午后	我是一只流浪狗
蛇和蜥蜴超级帮手	毕业那年海边的暑假	老破车摇摇晃晃的假期	蛇和蜥蜴超级搭友	娃娃屋的秘密
刺猬杰克逊和一桩悬案	在世界尽头	穿越冰海的女孩	我所有的幸运与不幸	重返地球的小王子
不想说话的小裙	男孩的食物链	我的中国童年	失踪的狗、猫和老鼠之消失的湖	机灵鬼伊迪

版权合同登记号：14-2022-0107

图书在版编目（CIP）数据

当松鼠从天而降/（美）托尔·塞德勒著；张雨童
译. --南昌：二十一世纪出版社集团，2024.7
（奇想文库）
书名原文：Oh,Rats!
ISBN 978-7-5568-8358-5

Ⅰ．①当…Ⅱ．①托…②张…Ⅲ．①儿童小说－长
篇小说－美国－现代Ⅳ．①I712.84

中国国家版本馆CIP数据核字(2024)第101348号

当松鼠从天而降

DANG SONGSHU CONG TIAN ER JIANG

[美]托尔·塞德勒/著　　　张雨童/译

出 版 人	刘凯军	项目策划	奇想国童书
责任编辑	刘晨露子		
特约编辑	聂宗洋 郑应湘	装帧设计	李燕萍
出版发行	二十一世纪出版社集团		
	（江西省南昌市子安路75号 330025）		
网　　址	www.21cccc.com		
经　　销	全国新华书店		
印　　刷	固安兰星球彩色印刷有限公司		
版　　次	2024年7月第1版		
印　　次	2024年7月第1次印刷		
开　　本	880 mm×1300 mm　1/32		
印　　张	8.25		
字　　数	143千字		
书　　号	ISBN 978-7-5568-8358-5		
定　　价	38.00元		

赣版权登字 -04-2024-421　　版权所有，侵权必究

（凡购本社图书，如有印装质量问题，由发行公司负责退换。服务热线：010-64049180 转 805）